सूर्यकान्त त्रिपाठी 'निराला'

निराला का जन्म वसन्त पंचमी, 1896 को बंगाल के मेदिनीपुर ज़िले के महिषादल नामक देशी राज्य में हुआ। निवास उत्तर प्रदेश के उन्नाव ज़िले के गढ़कोला गाँव में। शिक्षा हाईस्कूल तक ही हो पाई। हिन्दी, बांग्ला, अंग्रेजी और संस्कृत का ज्ञान आपने अपने अध्यवसाय से स्वतंत्र रूप में अर्जित किया।

प्राय: 1918 से 1922 ई. तक निराला महिषादल राज्य की सेवा में रहे, उसके बाद से सम्पादन, स्वतंत्र लेखन और अनुवाद-कार्य। 1922-23 ई. में 'समन्वय' (कलकत्ता) का सम्पादन। 1923 ई. के अगस्त से 'मतवाला-मंडल' में। कलकत्ता छोड़ा तो लखनऊ आए, जहाँ गंगा पुस्तकमाला कार्यालय और वहाँ से निकलनेवाली मासिक पत्रिका 'सुधा' से 1935 ई. के मध्य तक सम्बद्ध रहे। प्राय: 1940 ई. तक लखनऊ में। 1942-43 ई. से स्थायी रूप से इलाहाबाद में रहकर मृत्यु-पर्यन्त स्वतंत्र लेखन और अनुवाद-कार्य। *पहली प्रकाशित कविता :* 'जन्मभूमि' ('प्रभा', मासिक, कानपुर, जून, 1920)। *पहली प्रकाशित पुस्तक :* 'अनामिका' (1923 ई.)।

प्रमुख कृतियाँ : कविता-संग्रह : *आराधना, गीतिका, अपरा, परिमल, गीतगुंज, तुलसीदास, कुकुरमुत्ता, बेला, अर्चना, नए पत्ते, अणिमा, रागविराग, सांध्य काकली, असंकलित रचनाएँ।* **उपन्यास :** *बिल्लेसुर बकरिहा, अप्सरा, अलका, कुल्लीभाट, प्रभावती, निरुपमा, चोटी की पकड़, भक्त ध्रुव, भक्त प्रह्लाद, महाराणा प्रताप, भीष्म पितामह, चमेली, काले कारनामे, इन्दुलेखा* (अपूर्ण)। **कहानी-संग्रह :** *सुकुल की बीवी, लिली, चतुरी चमार, महाभारत, सम्पूर्ण कहानियाँ।* **निबन्ध-संग्रह :** *प्रबन्ध प्रतिमा, प्रबन्ध पद्म, चयन, चाबुक, संग्रह।* **संचयन :** *दो शरण, निराला संचयन, निराला रचनावली।*

निधन : 15 अक्टूबर, 1961

सूर्यकान्त त्रिपाठी 'निराला'

निरुपमा

राजकमल पेपरबैक्स

पहला पुस्तकालय संस्करण
राजकमल प्रकाशन प्राइवेट लिमिटेड द्वारा
1936 में प्रकाशित

राजकमल पेपरबैक्स में
पहला संस्करण : 2012
चौथा संस्करण : 2025

राजकमल पेपरबैक्स : उत्कृष्ट साहित्य के जनसुलभ संस्करण

राजकमल प्रकाशन प्रा.लि.
1-बी, नेताजी सुभाष मार्ग, दरियागंज
नई दिल्ली-110 002
द्वारा प्रकाशित

शाखाएँ : अशोक राजपथ, साइंस कॉलेज के सामने, पटना-800 006
पहली मंजिल, दरबारी बिल्डिंग, महात्मा गांधी मार्ग, प्रयागराज-211 001
1, अनमोल सोराबजी सन्तुक लेन, धोबी तलाव, मरीन लाइंस, मुम्बई-400 002

वेबसाइट : www.rajkamalprakashan.com
ई-मेल : info@rajkamalprakashan.com

बी.के. ऑफसेट
नवीन शाहदरा, दिल्ली-110 032
द्वारा मुद्रित

मूल्य : ₹ 199

NIRUPMA
Novel by Suryakant Tripathi 'Nirala'

ISBN : 978-81-267-1329-5

निरुपमा

मेरे कलकत्ते के काव्य-प्रसून को मिली
प्रिय श्री दयाशंकर वाजपेयी की स्नेह-सुषमा को।

प्रयाग
21-3-36

–निराला

निवेदन

हिन्दी के उपन्यास-साहित्य को 'निरुपमा' मेरी चौथी भेंट है। आलोचक साहित्यिक जिन महानुभावों ने उठने की कसम खाई है—भाषा और भावों के लच्छेदार वर्णन के सम्बन्ध में, उनके लिए, मैं स्वयं उतर आया हूँ। उन्हें यदि 'निरुपमा' स्थलविशेष पर भी सौन्दर्य के बोध से निरुत्तर कर सकी तो मैं श्रम सार्थक समझूँगा। पर अगर सिंहलवासियों को प्रयाग सुलभ न हुआ, तो मुझे आश्चर्य न होगा। जिन्होंने 'अप्सरा' और 'अलका' आदि की तारीफ कर मुझे उपन्यास-साहित्य का आधुनिक प्रतिनिधित्व प्रदान किया है और मूल्य आँकते-आँकते अमूल्यता तक पहुँच गए हैं, उनकी मानसिक उच्चता के सामने कृतज्ञ मैं अत्यधिक संकुचित हूँ; पर 'निरुपमा' के संकुचित होने का कोई कारण नहीं। मुझे विश्वास है, वह उन्हें निरुपम सौन्दर्य और संस्कृति देकर प्रसन्न कर सकेगी।

मेरे लिए हुए भिन्न दो समाजों के विषय, हिन्दी के अपरिचय के कारण, यद्यपि विष ही होना चाहते थे, फिर भी यथासाध्य मैंने अमृत बनाने की कोशिश की है। दूसरे उन्नत समाज उपन्यास-लेखक की जो सहायता करते हैं, वह हिन्दी के समाज से प्राप्त नहीं। इसलिए काल्पनिक सृष्टि करनी पड़ती है, जैसे समाज की लेखक आशा करता है और जिसका होना सम्भव भी है। अनभ्यस्त और स्वभाव-संचालितों को वहाँ अस्वाभाविकता मिलती है। पर वह है स्वाभाविक। साथ, प्रचलित छोटे-छोटे चित्र, सहारे के लिए रहते हैं, साधारणों के हक में उतना ही आता है। फिर भी, जैसा परिवर्तन है, मुझे विश्वास है, साधारण भी इसे असाधारण कलंक न देंगे।

—निराला

एक

लखनऊ में शिद्दत की गरमी पड़ रही है। किरणों की लपलपाती दुबली-पतली असंख्यों नागिनें तरु लता-गुल्मों की पृथ्वी से लिपटी हुई कण-कण को डस रही हैं। उन्हीं के विष की तीव्र ज्वाला भाप में उड़ती हुई, हवा में लू होकर झुलसा रही है। तमाम दिन बड़े-बड़े लोग खस-खस की तर टट्टियों के अन्दर बन्द रहकर काम और आराम करते हैं। इसी समय यूरोप की मुख्य भाषाओं का समझ-भर के लिए अध्ययन कर लंदन की डी. लिट्. उपाधि लेकर लौटा हुआ कुमार, स्थान रहने पर भी योग्यता की अस्वीकृति से उदास, कलकत्ता विश्वविद्यालय से लखनऊ आया हुआ है—यहाँ कोई स्थायी-अस्थायी काम मिल जाए, पर चूँकि किसी चान्सलर, वाइस-चान्सलर, प्रिंसिपल, प्रोफेसर या कलक्टर से उसकी रिश्ते की गिरह नहीं लगी, इसलिए किसी को उसकी विद्वत्ता का अस्तित्व भी नहीं मालूम दिया; जाँच करनेवाले ज्यादातर बंगाली सज्जन एक राय रहे कि एम. ए. में किसी तरह घिसट गया है—थीसिस चोरी की होगी। एक अस्थायी जगह लखनऊ विश्वविद्यालय में बाबू कामिनीचरण चटर्जी की छुट्टी से हो रही थी, वहाँ बाबू यामिनीहरण मुखर्जी आ गए। ये पी-एच. डी. ही थे, पर इनकी पूँछ में बालों का गुच्छा

मोटा मिला। कुमार फिर जगह की तलाश में क्रिश्चियन-कॉलेज गया, पर वहाँ भी वर्णाश्रम-धर्मवाला सवाल था। देखकर विद्या ने आँखें झुका लीं और हमेशा के लिए ऐसे स्थलों का परित्याग कर देने की सलाह दी।

यूरोप से लौटे हुए कुमार की दृष्टि में 'कर्मण्येवाधिकारस्ते' का ही महत्त्व है, इसलिए मन में हार की प्रतिक्रिया न हुई। कोहनूर होटल की नीचेवाली मंजिल में टिका हुआ है। सामने के कमरों में दो-तीन बाबू और रहते हैं। शायद अलग-अलग दफ्तरों में नौकर हैं। रात को कमरों से बाहर सड़क के किनारे चारपाइयाँ डालते हैं। ठंडी-ठंडी हवा लगती है, नींद अच्छी आती है।

सब जगह हताश होकर भी कुमार दिल से दृढ़ रहा। यूरोप जाते वक्त भी उसे समाज का सामना करना पड़ा था। लौटकर और करना पड़ेगा, यह पहले से निश्चय कर चुका था। इसलिए, हेच जरा भी नहीं खाई; एक तरंग उठी और दिल-बहलाव की स्वाभाविक प्रेरणा से गुनगुनाने लगा। गुनगुनाते-गुनगुनाते भावना पैदा हुई, गाने लगा। रात के साढ़े नौ का समय होगा। गाना समाप्त हुआ कि सामने के सुन्दर मकान से हारमोनियम का स्वर गूँजता हुआ सुन पड़ा, फिर किशोरी-कंठ का ललित संगीत। तरुणी भाव के मधुर आवेश में गा रही थी—'तोमारे करियाछि जीवनेर ध्रुवतारा।' कुमार का हौसला अभी पूरा न हुआ था, पुनः संगीत का श्रीगणेश उसी ने किया था, इसलिए वह भी गाने लगा। पर गाता क्या, भाव के आवेश में शब्दों का ध्यान ही जाता रहा। जब एक जगह रागिनी गाई जा रही हो, तब दूसरी रागिनी गाना असम्भव भी है, दुःखप्रद भी। भाव के आवेश में कंठ उन्हीं-उन्हीं पदों पर फिरने लगा। एक ही पद के बाद हारमोनियम बन्द हो गया। पर कुमार की गलेबाजी चलती रही। हारमोनियम क्यों बन्द हो गया, इस तरफ ध्यान देने की उसे फुर्सत भी नहीं हुई। उसकी तान-मुरकी समाप्त हुई, उधर ग्रामोफोन में किसी बंगाली महिला का काफी ऊँचे स्वरों में, जहाँ उसके पुरुष-कंठ की पहुँच नहीं हो सकती, टैगोर-स्कूल का गाना होने लगा। यह चाल और चालाकी कुमार समझ गया। साथ-साथ यह भी उसके खयाल में आया कि इस स्वर से गला मिलाकर गाने की उसे चुनौती दी गई है। उसने गला एक सप्तक घटा दिया। इससे उसे सहूलियत हुई। वह इतने ही स्वरों पर गाता था। टैगोर-स्कूल का ढंग भी उसे मालूम था। तमाम किशोरावस्था बंगाल में बीती थी। गाने लगा, बल्कि कहना चाहिए, अगर कंठ के कामिनीत्व को छोड़कर कमनीयत्व की ओर जाया जाए तो कुमार ने ही बाजी मारी।

एकाएक गाने के मध्य में रेकॉर्ड बन्द हो गया। गाड़ीवाले बरामदे की छत पर एक तरुणी आकर रेलिंग पकड़कर खड़ी हो गई। होटल की ओर देखा। कई चारपाइयाँ पड़ी थीं। कुमार का गाना बन्द हो चुका था। वह तकिए पर सिर रखे एक भले आदमी की तरह उसी ओर देख रहा था। तरुणी निश्चय न कर सकी कि उसे चिढ़ानेवाला किस चारपाई पर पड़ा है। एक बार देख कर 'छूँचो—गोरू—गाधा'* कहकर तेजी से फिरकर चली गई। कुमार समझकर निर्विकार चित्त से करवट बदलकर—'भज गोविन्दं भज गोविन्दं भज गोविन्दं मूढ़मते'—गाने लगा।

गाने के भीतर गाली की ध्वनि—'छूँचो—गोरू—गाधा' बार-बार गूँजती हुई सुन पड़ने लगी। कुमार ने गाना बन्द कर दिया। विचार करने लगा। सोचकर हँस पड़ा। गाली की तरफ ध्यान न गया, क्योंकि गाली के साथ-साथ उसकी वजह भी सामने आई। जहाँ गाली की कठोरता की तरह उसकी वजह मुलायम हो, वहाँ कोई मूर्ख गाली की तरफ ध्यान देगा ! वह मूर्ख नहीं। कोरे 'छूँचो, गोरू, गाधा' में क्या रखा है—न इनमें से वह कुछ है। वह उस भाव को सोच रहा है जो गाली देते वक्त जाहिर हुआ था, जिसमें गाली सुनाने की स्पर्द्धा को शालीनता से दबा रखने की शक्ति भी साथ-साथ प्रकट हुई थी, जहाँ भय था कि जिसे सुनाती हूँ उसके सिवा दूसरा तो न सुन लेगा, जिसमें पाप के विरोध में खड़ी होने की सरल पुण्य प्रतिभा थी, भले ही वह पाप दूसरों के विचार में पाप न हो।

युवती के मनोभावों की सुखस्पर्श उधेड़-बुन में कुमार को बड़ी देर हो गई। रात काफी बीत चुकी, पर न पी हुई उस मधु को एक बार पीकर बार-बार पीने की प्यास बढ़ती गई। आँखें न लगीं, उन विरोधी भावों में प्राणों के पास तक पहुँचनेवाली इतनी शक्ति थी कि वह स्वयं उसको धीरे-धीरे प्राणों को आवृत्त करनेवाली कोमलता से मिलता हुआ परास्त हो गया। जब आँखें लगीं, तब वह जैसे उसकी पूर्ण पराजय की ही सूचना हो। तब तक रात के दो-तीन का समय हो चुका होगा। नींद जैसे युवती के पढ़े जादू का नशा हो।

कुमार की आँखें खुलीं जब सूरज निकल आया था, मुँह पर धूप पड़ रही थी। पास के और-और सोनेवाले उठकर चले गए थे। भ्रमण समाप्त कर

---

* 'छूँचो' का अर्थ है, छछून्दर, मतलब औरतों के पीछे छछुआनेवाला। 'गोरू' अर्थात गऊ; मूर्खता, निर्बुद्धिता आदि अर्थों पर बंगला में यह गाली प्रचलित है। 'गाधा'—गधा।

लौट चुके थे, कुछ देर से जानेवाले लौट रहे थे। रास्ते पर काम से चले लोगों की काफी भीड़ हो रही थी।

जगने के साथ ही जिस तरफ को मुँह था, आँखें सीधे उसी तरफ आप-ही-आप गईं। जिस कल्पना को लेकर वह सोया था, जगने के साथ ही अपनी मूर्तिमत्ता में लीन न होने के लिए उसी तरफ वह चली। सामने टेलिग्राफ के पोस्ट को बाँधनेवाले एक तार पर उसी मकान के भीतर से मधु-माधवी की एक लता ऊपर तक चढ़ी हुई प्रभात के वायु से हिल-हिलकर फूलों में हँस रही थी। उसी की फूली दो शाखाओं के अर्द्धवृत्त के भीतर से देखती हुई दो आँखें कुमार की आँखों से एक हो गईं—उसकी कल्पना जैसे सजीव, परिपूर्ण आकृति प्राप्त कर सामने खड़ी हो। इस खड़े होने के भाव में भी रात का वही भाव स्पष्ट था। सारी देह लता की आड़ में छिपी हुई, मुख लता के दो भुजों के बीच, जैसे छिपने का पूरा ध्यान रखकर खड़ी हुई हो !

बरामदे पर सुबह-शाम रोज वह वायु-सेवन के लिए, बाहरी दृश्य देखने की इच्छा से निकलती थी, जरूरत पर यों भी आती थी। कल जिसे गाली दी, मुमकिन आज देख लेने के लिए आई हो ! पहचान थी नहीं, सोते कुमार को देखा हो, आँखों को अच्छा लगा हो, इसलिए छिपकर देखने लगी हो !

कोई भी कुमार को सुन्दर कहेगा। उसके सोते समय युवती किस भाव से, किस दृष्टि से देख रही थी, नहीं मालूम। पर उसके सोने पर भी उसके ललाट, चिबुक, नाक और मुँदी आयत आँखें विद्या के परिचय से प्रदीप्त रहती है। लम्बे बाल कानों को ढककर कपोलों तक आ जाते हैं। गोरे चेहरे पर केवल साबुन से धुले सुनहरे बाल किसी मनुष्य को एक बार देखने के लिए खींच लेंगे, मुख और बालों की ऐसी मैत्री है।

कुमार के देखते ही युवती लजा गई। उसी की प्रकृति ने उसकी चोरी की गवाही दी। आँखें झुक गईं, होंठों पर पकड़ में आने की सलज्ज मुस्कुराहट फैल गई। सामने मधु-माधवी की लता हवा में हिलने लगी। पीछे सूर्य अपने ज्योतिमंडल में मुख को लेकर स्पष्टतर करता हुआ चमकता रहा। युवती छिपने के लिए पहले से तैयार थी, पर छिप न सकी। कुमार अपनी कल्पना को सुन्दर प्रकृति के प्रकाश में घिरी, प्रत्यक्ष सजीव अपार रूप-राशि के भीतर सलज्ज सहानुभूति देती हुई देर तक देखता रहा, जैसे कल गाली देने के कारण आज वह मूर्तिमती क्षमाप्रार्थना बन रही हो ! जैसे कल के भीतरवाले भाव आज व्यक्तरूप धारण कर रहे हों !

सुन्दर को सभी आँखें देखती हैं। अपनी वस्तु को अपना सर्वस्व दे देती हैं। क्यों देखती हैं, क्यों दे देती हैं, इसका वही कारण है जो जलाशय की ओर जल के बहाव का। रूप ही दर्शन की सार्थकता है। यहाँ एक रूप ने दूसरे रूप को—आँखों ने सर्वस्व-सुन्दर आँखों को चुपचाप क्या दिया, हृदय ने चुपचाप दोनों ओर से क्या समझा—मौन के इतने बड़े महत्त्व को मुखरा भाषा कैसे व्यक्त कर सकती है !

दोनों देख रहे थे, उसी समय एक बालिका आई। बहन के सामने खड़ी होकर रेलिंग पकड़े हुए पंजों के बल उठकर अजाने मनुष्य को एक बार देखा, फिर दीदी को देखकर दौड़ती हुई चली गई।

पकड़ में आकर हटते हुए युवती के पैर नहीं उठ रहे थे। वह रेलिंग पकड़े हुए मुँह फेरकर दूसरी ओर देखने लगी—होंठों में मुस्कुरा रही थी। कुमार उठकर कमरे के भीतर चला गया।

दो

एक साधारण रूप से अंग्रेजी रुचि के अनुसार सजा हुआ कमरा। एक नेवाड़ का बड़ा पलँग पड़ा हुआ। पायों से चार डंडे लगे हुए; ऊपर जाली की मसहरी बँधी हुई। पलँग पर गद्दे-चदरे आदि बिछे हुए। चारों ओर तकिए। बगलवाले दो लम्बे गोल, सिरहाने और पाँयते के कुछ चपटे, कोनों के दो सिरहाने सूचित करते हुए। दो बड़े शीशे आमने-सामने लगे। दीवार पर चुनी हुई तस्वीरें— परमहंस रामकृष्णदेव, स्वामी विवेकानन्द, स्वामी दयानन्द, लोकमान्य बाल गंगाधर तिलक, लाला लाजपत राय, श्री रवीन्द्रनाथ ठाकुर, महात्मा गांधी, पं. मदनमोहन मालवीय, बाबू चितरंजन दास और पं. मोतीलाल नेहरू आदि की बड़े आकारवाली। इनके नीचे एक-एक बगल, मासिक-पत्रों में निकली हुई, आशा, भावना, कविता, शरत, वासन्ती, वर्षा आदि की काल्पनिक तस्वीरें। फिर भी तस्वीरों की अधिकता न मालूम देती हुई। लोहे की छड़ों के बाहर से पूरे दरवाजे के आकार की खिड़कियों का आधा ऊपरवाला हिस्सा खुला हुआ, आधा नीचेवाला बन्द। पूरबवाली खिड़कियों से प्रभात की हलकी धूप आती हुई। एक ओर एक मेज, जिसके दो ओर दो कुर्सियाँ। एक पर वही बालिका बैठी पढ़ रही है। इसी समय उसकी दीदी कमरे में आयी और दूसरी

कुर्सी पर बैठ गई। सामने बालिका के रोज के पढ़ने की तालिका रखी थी, उठाकर देखने लगी। मन का दृष्टि के साथ सहयोग न था, इसलिए देखकर भी कुछ न समझ सकी। केवल लिखावट पर निगाह दौड़ाकर रह गई। मस्तिष्क तक विषय का निश्चय न पहुँचा।

तालिका रखकर युवती बहन को हँसती आँखों देखने लगी। फिर पूछा, ''अच्छा, नीली (बालिका का नाम नीलिमा है), हमारे सामनेवाले बैडमिंटन ग्राउंड की घास दो घोड़े दो दिन में चरें तो एक घोड़ा कितने दिन में चरेगा ?''

उच्छ्वास से उमड़ती हुई, उसकी ओर मुँह बढ़ाकर, उसी वक्त बालिका ने उत्तर दिया, ''एक दिन में।''

'चट्ट' से एक चपत पड़ी। बालिका गाल सहलाती हुई, सजल आँखों से एकटक बहन की चढ़ी त्योरियाँ देखने लगी।

इसी समय एक दासी ने आकर कहा, ''दादा बुलाते हैं। यामिनी बाबू मोटर लेकर आए हैं, हवाखोरी को जा रहे हैं।''

युवती दासी की बातें सुन रही थी कि एक ओर से बालिका निकल गई। सीधे यामिनी बाबू के पास पहुँची। यामिनी बाबू उसका आदर करते हैं। उस समय उसका दादा सुरेश वहाँ न था। कपड़े बदलने के लिए निरुपमा को बुलाकर अपने कमरे में गया-हुआ था। बालिका अच्छी तरह जानती है कि यामिनी बाबू उसकी दीदी को प्यार करते हैं, और उसके घरवालों की इच्छा है कि उसकी दीदी का यामिनी बाबू से विवाह हो। फिर मन-ही-मन दीदी के प्रति रुष्ट होकर बोली, ''वह जो बड़े-बड़े बालवाला हिन्दुस्तानी है न—उस होटल में !—आज सुबह गाड़ीवाले बरामदे पर खड़ी दीदी उसे देख रही थी, वह भी दीदी को देख रहा था।''

बालिका की बात का असर साँप के जहर से भी यामिनी बाबू पर ज्यादा हुआ। प्रेम और संसार की नश्वरता का सच्चा दृश्य उन्हें देख पड़ने लगा। 'यां चिन्तयामि सततम्' आदि अनेक पुण्य-श्लोक याद आने लगे। इसी समय बालिका ने कहा, ''अभी मुझे पढ़ा रही थीं, पूछा, उस बेडमिंटन ग्राउंड की घास दो घोड़े दो दिन में चरें तो एक कितने दिन में चरेगा ? कितना सीधा सवाल है ? हमारे स्कूल में जबानी पूछा जाता है। मैंने ठीक जवाब दिया, पर दीदी ने मुझे मार दिया।''

बालिका जीने की तरफ देखकर सभय चुप हो गई। दासी के साथ निरुपमा धीरे-धीरे उतर रही थी; अचपल-दृष्टि, गौरव की प्रतिमा बालिका

व्याकुल हो गई कि पीछेवाली बात इसने सुन न ली हो। निरुपमा नीचे के बरामदे में पहुँचकर धीरे-धीरे नीली के पास गई और उसका हाथ पकड़कर बगीचे की ओर देखने लगी। नीली को विश्वास हो चला कि नहीं सुना। फिर भी धड़कन थी, इसलिए इस प्रकार स्नेह का दान पाने पर भी खुलकर कुछ बोल न सकी—छड़ी की तरह चुपचाप सीधी खड़ी रही।

यामिनी बाबू के वैराग्य-शतक की शक्ति निरुपमा के आने के बाद से क्षीण हो चली। रूप के साथ आँखों का इतना घनिष्ठ सम्बन्ध है। पतंग एक दूसरे पतंग को जलकर भस्म होते देखता है, पर रह नहीं सकता। इतना बड़ा प्रत्यक्ष ज्ञान भी रूप के मोह से उसे बचा नहीं सकता—वह दीपक को सर्वस्व दे देता है। दीपक अपने ही स्थान पर जलता रहता है।

निरुपमा की दृष्टि में चाह नहीं, ऐसा कौन कहेगा ? उसकी दृष्टि से उसकी बातें सुनकर सभी उसे प्यार करने लगते हैं, जो जिस तरह के प्यार का हृदय में अधिकार रखता है। और वह, वह शमा है जो बाहर की भस्म को ही भस्म करती है। इसलिए वैराग्य-शतक का कृत्रिम भस्म उसके एक ही दृष्टिपात से अपनी स्वर्गीय सत्ता में मिलित हो गया। यामिनी बाबू उमड़कर कुछ क्षण के लिए पहले-से हो गए।

तबीयत अच्छी न रहने के कारण निरुपमा की इच्छा दासी को लौटाल देने की थी, पर भाई के बुलावे का खयाल कर चली गई। उसके आने के कुछ ही देर में सुरेश बाबू भी कपड़े बदलकर आ गए। मोटर रास्ते के किनारे लगी हुई है। यामिनी बाबू के साथ सुरेश बाबू बहन को बुलाकर आगे-आगे चले। नीली को साथ लेकर पीछे-पीछे निरुपमा चली। नीली के जाने की कोई बात न थी। इधर जब से यामिनी की सुरेश बाबू से घनिष्ठता हुई, भाई के कहने से केवल निरुपमा साथ जाती थी, कभी-कभी नीली, यों प्रायः जाने के लिए खड़ी छलकती रहती थी। सुरेश बाबू डाँट देते थे। कभी-कभी पढ़ने के लिए खुलकर भी कड़ी जबान कह देते थे। वह लाज से मुरझाकर लौट जाती थी। भाई की आज्ञा पर कुछ कहने का अभ्यास निरुपमा को पहले से न था।

किसी बगीचे के पास मोटर से उतरकर टहलते हुए सुरेश बाबू निरुपमा को अकेली छोड़ देते थे। यामिनी बाबू को बातचीत की सुविधा हो जाती थी। कुछ देर बाद किसी कुंज से टहलकर सुरेश आते थे। इस प्रकार दोनों का परिचय बढ़ गया है। दोनों के हृदय निश्चय ही बँध चुके हैं। अंग्रेजी पढ़ने पर भी, प्राचीन विचारों की महिलाओं में रहने के कारण निरुपमा हिन्दू-संस्कारों में ही ढली है। भाई तथा अपर स्त्रियों का निश्चय ही उसका

निश्चय है। पर यामिनी बाबू यूरोप की हवा खाकर लौटे हैं, इसलिए इस वैवाहिक प्रसंग पर कुछ अधिक स्वतंत्रता चाहते हैं। सुरेश अपने बंगाली समाज की वर्तमान खुली प्रथा के समर्थक हैं, पर एकाएक यामिनी बाबू को दी पूरी स्वतन्त्रता से अभ्यास के कारण निरुपमा को संकोच पहुँच सकता है, इस विचार से धीरे-धीरे रास्ता तय कर रहे हैं।

नीलिमा का साथ रहना यामिनी बाबू को पहले से पसन्द न था, पर आज सुरेश के मना करने से पहले उसे बुलाकर, ड्राइवर की सीट की बगल में, अपने पास बैठा लिया। सुरेश बाबू निरुपमा के साथ पीछेवाली सीट पर बैठ ही रहे थे कि होटल के सामने बरामदे पर कुमार खड़ा हुआ दीख पड़ा। नीली यामिनी बाबू को कोंचकर होटल की तरफ देखने लगी। यामिनी बाबू कुमार को देखकर निरुपमा को देखने लगे। निरू सिर झुकाए बैठी थी।

कुमार देखता रहा। मोटर चल दी। सीधे सिकन्दर बाग गई। एक जगह सब लोग उतरकर इधर-उधर इच्छानुसार टहलने लगे। यामिनी बाबू नीली के साथ एक कुंज की तरफ गए। भ्रम था ही। सोचते हुए नीली से पूछा, "क्या पूछा था निरू ने तुमसे ?"

नीली मुस्कुराकर बोली, "आप भूल गए। आप याद नहीं रख सकते। अच्छा उसमें घोड़े हैं, बतलाइए ?"

"हाँ, दो घोड़े दो दिन में, तो एक...क्या कहा तुमने ?"

"एक दिन में," कहकर नीली समझदार की तरह हँसने लगी।

"अच्छा, इसलिए मारा तुम्हें !"

आवाज ऐसी थी कि नीली ने सहृदयता सूचक न समझी। एक विषय दृष्टि से यामिनी बाबू को देखने लगी।

अब यामिनी बाबू को नीली की मैत्री खटकने लगी; नीली के भविष्य पर अनेक प्रकार की शंकाएँ उन्होंने कीं। निरू के प्रति जितने विरोधी भाव थे, एक साथ, तेज हवा में बादलों की तरह कट-छँट गए। प्रेम का आकाश पहले-सा साफ हो गया। निरुपमा की ओर अभियुक्त की तरह धीरे-धीरे बढ़ने लगे। वह एक चम्पा के किनारे खड़ी फलों की शोभा देख रही थी। सोच रही थी—'इनकी प्रकृति इनका कैसा विकास करती है ! ये कितने कोमल हैं ! खुली प्रकृति की सम्पूर्ण कठोरता, उपद्रव और अत्याचार बरदाश्त करते हैं ! इनके स्वभाव से मनुष्य क्या सीखता है ! केवल सौन्दर्य के भोग के लिए इनके पास आता है !"

तीन

कुमार कमरे में अन्यमनस्क भाव से एक कुर्सी पर बैठ गया। चिंताराशि, फल के छिलके पर खुले रंग जैसे, मुख पर रंगीन हो आई। स्वच्छ हृदय के शीशे पर अपने ही रूप का प्रतिबिम्ब पड़ा। इसे ही वह प्यार करता था। अन्यत्र भी यही प्रतिफलित होता था, जहाँ उसकी ज्ञानेन्द्रियों को आनन्द मिलता था। इस तरह प्यार आप अपना आकर्षण पैदा करता था। मनुष्य होकर, पश्चात विद्वान बनकर, इसी की रक्षा के लिए वह तत्पर रहा था। हृदय का निष्कलुष तत्त्व जीवन के पथ पर पथिक-जीव के विचलित-स्खलित होने पर मलिनत्व को प्राप्त होता, क्रमशः उसे पतित कर देता है, यह वह जानता था; पहले स्थूल रूप से समझा था, अब सूक्ष्म रूप से जानता है। पहले यह प्यार शक्ति के रूप में था, जब उसे मनुष्योचित शिक्षा के अर्जन की धुन थी—इसीलिए समाज और घरवालों का विरोध उसने किया था—अपनी शिक्षा के समस्त सोपान तय करने के लिए, अब वह अपनी प्रज्ञा में स्थित है, उसकी पुष्टि में लगा हुआ, इसीलिए जो ठोकरें मिल रही हैं, उन्हें दूसरों की कमजोरी समझकर वह समर्थ होकर संसार के मुकाबले के लिए तैयार हो रहा है। उस पर बहुत बड़ा उत्तरदायित्व है; वह कुछ भी पूरा नहीं कर सका;

दूसरे अपने स्वार्थ के समक्ष उसे अपरास्त भी परास्त करार देंते गए हैं। वह पुनः-पुनः सँभलता, पैर उठाता बढ़ता जा रहा है—यही उसके चेहरे पर खिली रंगीनी है और भविष्य के कार्यक्रम पर विचार उसकी चिन्ता।

घड़ी में टन-टन कुछ बजा—आठ है, नौ या दस, उसे पता नहीं, गिना भी नहीं। एकाएक सामने टेबल पर नजर गई, देखा, चाय रखी हुई है—ऊपर से धुआँ नहीं उठ रहा; प्याले में हाथ लगाकर देखा, अभी पीने लायक है। उठाकर पीने लगा।

नौकर फिर आया, ''बाबू, कल शाम को यह चिट्ठी आई, मैनेजर साहब देर से आए; इसलिए कल नहीं भेजी जा सकी।'' सामने चिट्ठी रखकर चला गया था।

चाय पीकर कुमार ने चिट्ठी खोली। उसके छोटे भाई की लिखी है। पढ़ने लगा। लिखा है—'खर्च नहीं चलता, माँ के पास भी खर्च नहीं, गाँववालों को कुछ भी सहानुभूति नहीं, न्योते नहीं आते,' ऐसी और कुछ बातें।

कुमार ने सड़क की ओर चिन्ता की दृष्टि से देखा, एक बुढ़िया पैक करनेवाले बॉक्स की चार पहिएवाली गाड़ी पर एक बुड्ढे को खींचती लिए जा रही थी। आँखें छलछला आईं। धीरे-धीरे आकृति गंभीर हो गई। एक निश्चय साथ-साथ आया। टाई, मोजा, पतलून, कोट, जूता, जल्द-जल्द पहनकर, जेब देखकर, कैप लेकर बाहर निकला।

चार

सुरेश ने नीली को बुलाकर यामिनी बाबू से कहा, ''हम लोग जाते हैं, जल्द काम है, तुम पैदल निरू को लेकर आओ,'' सुरेश मोटर ले गए।

निरुपमा समझकर एक बार लज्जित हो चम्पे के झाड़ की तरफ देखने लगी—यामिनी बाबू से भाव की आँख बचाने के लिए। यामिनी बाबू दिल से खुश हुए। आज उन्हें पहले-पहल निरू के साथ अकेले टहलने का लम्बा समय मिला है।

बराबर आकर निरू की उँगलियाँ देखते हुए बोले, ''खूबसूरत उँगलियों की चम्पे से उपमा दी जाती है।''

''हूँ,'' उसी वक्त मुँह फेरकर निरू ने कहा, ''देह के रंग से भी, पर मुझे बड़े चमगादड़ के पंजे-सा लगता है।''

यामिनी बाबू का आधुनिक श्रृंगार खिल गया। उपमा सोचकर हँसे, मजाक में आया श्रृंगार का पूरा मजा लेकर पूछा, ''अच्छा, बंगला में किसकी कविता तुम्हें अच्छी लगती है—रवि बाबू की ?''

''नहीं,'' निरुपमा चलती हुई चम्पे की एक पत्ती खोंटकर बोली, ''गोपाल भाँड़ की।''

इस बार यामिनी बाबू को एक धक्का लगा। वे सच्चे कवि-प्रेमी हो रहे थे, निरुपमा हास्यप्रिया; गोपाल भाँड़ के भाव से उन्हें पराभव मिला, पर फिर भी निर्मल हृदय के निकले व्यंग्य से भीतर-ही-भीतर एक आनन्द का उद्रेक हुआ जो स्त्री-पुरुषवाले भेदात्मक प्रेम को अभेद मैत्री में बदल देता है; परन्तु यामिनी बाबू प्यासे मनुष्य थे—पानी चाहते थे—स्थूल कर से लेकर पीना, शान्ति नहीं जो अपने सूक्ष्म स्पर्श से तृष्णा को बुझा देती है। बोले, "हम जिस सम्बन्ध में बँधने जा रहे हैं, तुम्हें मालूम हो ही चुका होगा, उस पवित्र सम्बन्ध से मुझे पूर्ण आशा है कि हम सुखी होंगे। दिवस व रात्रि के प्रकाश और अन्धकार के प्रवाह में हमारे जीवन के खिले हुए फूल मुक्त भाव से बहते हुए संसार की परिधि को पार कर जाएँगे।"

निरुपमा को जैसे किसी ने गुदगुदा दिया। देर तक अपने को रोके रही। सँभलकर भी उत्तर न दे सकी। चली गई।

मौन को सम्मति-लक्षण समझकर यामिनी बाबू ने कहा, "अब समय अधिक नहीं और खर्च कुछ अधिक करने का विचार है। एक दफा कानपुर जाना होगा। रेहन की एक सम्पत्ति है। हालाँकि करार की मियाद पूरी हो चुकी है; पर रजिस्ट्री की अभी है, उसका फैसला हो जाए तो रुपए काफी हाथ आ जाएँ।"

बिलकुल मौन रहना निरू को अनुचित जान पड़ा; पूछा, "कैसी सम्पत्ति ?"

निरू बगीचे से बाहर निकली घर चलने के लिए। साथ चलते हुए यामिनी बाबू बोले, "एक हिन्दुस्तानी की है। दो मकान हैं। बाबा (पिता) ने रेहन रखे थे। अब उनके न रहने से सारा भार मुझ पर है। कॉलेज की छुट्टियों में एक बार हो आऊँगा। मुख्तार को समझा दूँगा।"

"मकरूज रुपयों का इन्तजाम कर भी सकता है दूसरी जगह से।"—निरू सड़क के सीधे देखती हुई बोली। रास्ते से कुछ दूर एक चमन में खिले अमलतास के रहे-सहे सुन्दर पीले फूलों को प्यार की दृष्टि से देखती हुई चली गई।

"अब उतनी गुंजाइश नहीं, बाबा ने पहले ही हिसाब लगा लिया था," मजाक के गले से यामिनी बाबू ने कहा, "मकरूज का भी देहान्त हो गया है। सुना है, उसका लड़का विलायत से डी. लिट्. होकर आया है। मैंने देखा नहीं—उसके बाप को भी नहीं, मुमकिन—देखा हो, याद नहीं। मैं जिस जगह पर हूँ, इसके लिए एक डी. लिट्. ने कोशिश की थी। मुमकिन—वही हो।"

यामिनी बाबू कुछ याद कर हँसे।

"आप उससे बड़े विद्वान साबित हुए।" स्वर को चढ़ाव-उतार से रहित कर निरुपमा ने कहा।

यामिनी बाबू लजा गए। फिर सँभलकर बोले, "बात यह है कि सिर्फ डी. लिट्. होने से ही नहीं होता, और भी बहुत कुछ होना जरूरी है। मैं अंग्रेजी-साहित्य का पी-एच.डी. हूँ, पर इतना ही देखकर कोई क्या समझेगा ?"

"अगर पी-एच.डी. नहीं।"

"नहीं, मेरा मतलब यह है, मैं कहता हूँ, 'सिर्फ पी-एच.डी. होने से क्या होता है ?"

"कुछ नहीं।"

"नहीं, यानी बड़ी-से-बड़ी डिग्री भी आदमी को आदमी नहीं बना सकती, अगर वह दायरे से बाहर अलग-अलग विषयों का और भी ज्ञान प्राप्त नहीं करता। फिर एक कल्चर भी तो है ? मुझे डॉक्टरी हासिल करने के अलावा और भी बहुत कुछ देखना-भालना पड़ा है—सभ्य जातियों की रहन-सहन की बातें—कितना मिला-मिलाया। यह तो मानी हुई बात है कि भारतवर्ष में बंगालियों से बढ़कर कल्चर अपर प्रोविन्स के लोगों में नहीं। हिन्दुस्तानी बेचारे लाख पी-एच.डी., डी. लिट्. हो जाएँ, कन्धे पर लिट् हो जाएँ, कन्धे पर लाठी रखकर चलनेवाली वृत्ति कुछ-न-कुछ रहेगी।"

"यानी देखनेवालों को, हिन्दुस्तानी की पदवी की अपेक्षा कन्धे पर लाठी ज्यादा साफ नजर आई !"

यामिनी बाबू फँसे। तुला उत्तर न सूझा। बोले, 'प्रोफेसर बनर्जी, चटर्जी, मुकर्जी—सब अपने आदमी तो हैं ? बैरिस्टर घोष भी अपने ही हैं। इनकी आवाज में ताकत है। कुछ तअल्लुकेदार हैं, बुद्धू; इनकी हाँ-में-हाँ मिलाया करते हैं। ये जानते हैं और ठीक भी है, तुम्हें भी स्वीकार करना होगा, अभी बंगालियों का मुकाबला हिन्दुस्तानी नहीं कर सकते। एक हिन्दुस्तानी जितना पढ़कर समझता है, एक बंगाली उससे ज्यादा सिर्फ देखकर।"

"मेरा खयाल है, सिर्फ सुनकर।" निरुपमा कहकर गहरी मनोभूमि में उतर गई। यह भाव भी ठीक-ठीक यामिनी बाबू की समझ में न आया; वे उसी सहृदयता से बोले, "हाँ, यह भी ठीक है; देहात में बहुत-से बंगाली हैं जिन्हें कलकत्ता देखने का अवसर नहीं मिला; पर सुनकर वे बहुत-सी बातें जानते हैं; उन्हें मौका भी है; जो जितना जानता है, वह उतना सुना भी

सकता है; हिन्दुस्तानियों के पास तुलसीदास की रामायण के सिवा सुनाने की चीज है क्या ?—इधर एक नौटंकी चली है।''

धीरे-धीरे बगीचे से कैसर-बाग तक खुली जगह पार हो गई। निरुपमा ने बातचीत करना बन्द कर दिया। समझकर यामिनी बाबू भी चुप हो रहे।

रास्ता तय होता जा रहा था; पर हृदय चाहता था, अभी और साथ हो—और बातचीत हो। प्रेयसी की विमुखता उनके लिए सुमुखता थी, क्योंकि वे उसका अनुकूल अर्थ लगाते थे।

इसी समय रास्ते के एक बगल बैठा, कैप-कोटवाला एक चमार देख पड़ा। यामिनी बाबू बोले, ''यह कुछ पढ़ा-लिखा होगा; अगर चमार है तो समझना चाहिए, इसे जगह नहीं दी ऊँचे वर्णवालों ने, इसलिए कलम छोड़कर अपना पेशा इख्तियार कर लिया है। इसे पैसा देना चाहिए। अगर चमार नहीं, तो भी; क्योंकि इसने एक आदर्श सामने रखा।'' फिर बढ़ते हुए चमार के सामने जाकर खड़े हुए। निरुपमा को भी साथ चलना पड़ा। पर पास पहुँचकर देखकर जरा ठिठुक गई—'चमार !' मन में अव्यक्त ध्वनि हुई। कृपा की दृष्टि से देखते हुए उपकार करनेवाले स्वर से यामिनी बाबू ने कहा, '36, हिवेट रोड पर आधा घंटे-भर बाद, हम काम देंगे; अभी यही पेशगी देते हैं,'' एक इकन्नी फेंकते हुए, ''तुम कौन हो ?''

''इस वक्त तो चमार हूँ,'' इकन्नी वापस करते हुए कुमार ने कहा, ''मैं घंटे-भर बाद वहाँ आऊँगा, तब काम करके पैसे लूँगा, मैं आपकी कृपा के लिए हृदय से कृतज्ञ हूँ।''

''तो तुम चमार नहीं हो; अच्छा, वहीं तुमसे पूछेंगे।'' यामिनी बाबू मंडी की तरफ मुड़े।

कुमार के पास बहुत-से आदमी आए और आते रहे। भीड़ लगती-बढ़ती रही। लोगों में उत्सुकता, आनन्द, सहानुभूति फैली। वह बादामी और काली पॉलिश की दो डिबिया और एक ब्रश लिए बैठा था। कई जोड़े पालिश करने को मिले। सबसे एक-ही-एक पैसा उसने लिया। उसकी भलमनसाहत का यह दूसरा प्रमाण था। शहर में सनसनी फैल चली। चमार इधर-उधर जो थे, चौकन्ने हुए; वे दो पैसे से कम नहीं और एक आने तक पालिश कराई लेते थे।

कुछ पहचान के लोग भी रास्ते से होकर गुजरे। 'सस्ता साहित्य समुद्र' के प्रकाशक लाला श्यामनारायण लाल देखकर कह गए, ''हम चार रुपए फार्म दे रहे थे मोपासाँ के अनुवाद के, वह आपको नहीं मंजूर हुआ; आखिर

पालिश और ब्रश लेकर बैठे।''

पं. रामखेलावनसिंह मुँह बिगाड़कर बोले, ''सात रुपए घंटे की पढ़ाई लगवा रहे थे, नहीं भायी; अब चमार बनकर पुरखों को तारो।'' फिर फिरकर नहीं देखा; कितने स्वगत कह गए !

घंटे-भर बाद कुमार उठा। पास छः आने पैसे आ गए थे। मन प्रसन्न था। संसार में कोई मार नहीं सकता; रोटियाँ चल जाएँगी अगर इसी कार्य को महत्त्व देने के लिए अदृष्ट-चक्र से घूमता हुआ बहुभाषाविद् और लंदन-विश्वविद्यालय का डी.लिट्. होकर वह आया है, तो इसे श्रद्धापूर्वक स्वीकार करता है। उसका विद्या-प्राप्ति वाला उद्देश्य सफल है। अर्थ-प्राप्ति वाला यदि इस रूप से, विद्यावाले को दिखावे के तौर पर लेकर हो रहा है तो हो, वह कटाक्ष नहीं करता; बल्कि इस कार्य को घृणा करनेवाली ऊँचे वर्ण की दृष्टि से वह घृणा करता है। सम्भव है, शिक्षा वैसा कार्य-सहयोग देकर भारत को सच्चे वर्ण-निर्माण की शिक्षा दे रही हो; यह सोचकर वह चला।

उसी गाड़ीवाले बरामदे के नीचे कई और बंगाली एकत्र थे। जब वह फाटक के भीतर गया और उसकी ओर कौतुकपूर्ण प्रश्नभरी दृष्टियाँ उठीं, वह समझ गया कि इससे पहले उसके सम्बन्ध में काफी बातचीत हो चुकी है। मोटर की बगल से निकलकर एक पैर बरामदे की सीढ़ी पर चढ़ाकर यामिनी बाबू से काम देने के लिए उसने कहा। तब तक एक बंगाली सज्जन ने पूछा, ''आप कहाँ रहता है ?''

''एक गाँव रामपुर है।''

''रामपुर में ?'' सुरेश बाबू ने पूछा। सामने के दीवानखाने में निरुपमा थी। दरवाजे के पास आ गई।

''जी,'' निगाह नीची किए हुए कुमार ने कहा।

''कौन रामपुर ?'' सुरेश बाबू ने देखते हुए पूछा।

''जिला उन्नाव में एक मौजा है।''

''अच्छा !'' सुरेश और निरुपमा की हँसती हुई दृष्टि एक साथ मिल गई, एक ही भाव से जैसे।

''रामपुर में आप किस घर के हैं ?'' सुरेश बाबू ने पूछा।

''मिश्रों के यहाँ का।''

''आप ब्राह्मण हैं ?'' एक बंगाली सज्जन ने पूछा।

''जी।''

प्रसन्न होकर सब बंगाली हँसे।

"आपके पूज्य पिताजी का शुभ नाम ?" सुरेश बाबू ने पूछा मन में निश्चय किए हुए।

"पं. गिरिजाशंकर मिश्र।"

"आपने–माफ कीजिएगा–कहाँ तक शिक्षा प्राप्त की है ?" एक बंगाली सज्जन की ध्वनि में भाव का आवेश स्पष्ट हो रहा था।

कुमार हँसा–प्रश्न की सदाशयता समझकर। संयत स्वर से कहा, "मैं लंदन का डी. लिट्. हूँ।"

निरुपमा बिलकुल सामने आ गई। ऐसी दृष्टि से देखने लगी, जैसे वहाँ कोई न हो।

"आपका शुभ नाम ?" उस बंगाली ने पूछा।

"मुझे कृष्णकुमार कहते हैं। आप अधिक समय न लें; बड़ी कृपा होगी अगर मेरा काम मुझे दें।"

यामिनी बाबू गहरे भाव में डूबे हुए। कितने विषय, कितनी बातें आईं-गईं। यह वही व्यक्ति है। अभी-अभी इसकी चर्चा हो चुकी है।

भाव बदला। निरुपमा को देखा, फिर कुमार को नहीं समझ सके कि होटलवाला यही आदमी है। तब अच्छी तरह देखा न था। जेब से एक रुपया निकालकर बढ़ाते हुए अंग्रेजी में बोले, "लो; हम तुमसे जूते पॉलिश करवाना अपना अपमान समझते हैं। तुमने बड़े साहस का काम किया है। यह हमारी सहायता; हमें आशा है, स्वीकार करोगे।"

कुमार ने उसी तरह उत्तर दिया, "आपको धन्यवाद देता हूँ; मैं इस तरह की सहायता नहीं चाहता, क्षमा करेंगे। आप शिक्षित हैं। आपको शिक्षा देना व्यर्थ है; इतने से आप अच्छी तरह समझ लेंगे। अच्छा, आप सब सज्जनों को धन्यवाद।" फिर कृतज्ञ दृष्टि से एक बार निरुपमा को देखकर धीरे-धीरे फाटक के बाहर आया।

यामिनी बाबू निरू को देखते हुए सुरेश से बोले, "इसी के दो मकान कानपुर में हमारे रेहन हैं। इसके बाप ने बाबा के पास रखे थे, इसके खर्च के लिए शायद, और जो काम रहा हो।"

निरुपमा को दिखाकर सुरेश बोले, "इसकी जमींदारी थी रामपुर, सोलहो आने।"

पाँच

नीली मार खाकर जिस तरह निरुपमा से नाराज हुई थी; अनादृत होकर उसी तरह यामिनी बाबू से हुई। वह शारीरिक शक्ति में दीदी या यामिनी बाबू से कम है ! पर बदला चुकाने की शक्ति में नहीं। जिस समय चमार के रूप में कुमार गया था और उसके उत्तरोत्तर बढ़ते परिचय से लोगों में आश्चर्य और श्रद्धा बढ़ रही थी, उस समय बिना व्यक्तित्व और बिना विशेषता की समझी गई नीली भी एक बगल खड़ी हुई सबकुछ देख-सुन रही थी। उसे अपने प्रति होनेवाली अवज्ञा की परवा न थी, कारण, उसने निश्चय कर लिया था कि ऊँचाई, शक्ति और विद्या जैसी कुछ ही बातों में वह दूसरों से छोटी है--जब वह उनकी ऊँचाई तक पहुँच जाएगी, तब वैसी हो जाएगी, यों दूसरों की तरह वह भी सब बातें समझ लेती है। कुमार के चले जाने के बाद देर तक उसके सम्बन्ध में बातें होती रहीं, वह सब समझी।

वहाँ कई और बंगाली युवक थे। उन लोगों ने कुमार के विद्वान होने पर भी, जूता पालिश करने का पेशा इख्तियार करने की तारीफें कीं। पहले देर तक बहस हो चुकी थी कि देश गिरा हुआ है, गुलामों की कोई जाति नहीं; फिर भी जातीय ऊँचाई का अभिमान लोगों की नस-नस में भरा हुआ

है, इससे मानसिक और चारित्रिक पतन होता है; हम लोगों के एक-दूसरे से न मिल सकने, इस तरह जोरदार न हो पाने का यह मुख्य कारण है। इतने बड़े विद्वान का निस्संकोच भाव से यह कार्य इख्तियार करना महत्त्व रखता है। इससे लोगों की आँखें खुलेंगी, उन्हें ठीक-ठीक मार्ग सूझेगा। यों यूरोप विद्यार्थी जाते ही रहते हैं; या तो वहाँ बिगड़ जाते हैं या मेम लेकर, नहीं तो पदवी के साथ काले रंग के गोरे होकर आते हैं--अपनी संस्कृति के पक्के दुश्मन बनकर। यूरोप की चारित्रिक शिक्षा यही है जो इसमें देखने को मिली कि गर्व का नाम नहीं, अपने काम से काम; हृदय से इस काम को छोटा नहीं समझता। बड़ी देर तक सोचते रहकर यामिनी बाबू ने कहा, परिस्थिति मजबूर करती है तब बुरे-भले का ज्ञान नहीं रहता, जो काम सामने आता है, इनसान इख्तियार करता है, क्योंकि पेटवाली मार सबसे बड़ी मार है। दीवानखाने में बैठी हुई निरुपमा सुन रही थी। यामिनी बाबू के विकृत स्वर से मुँह बनाकर उठकर ऊपर चली गई—हृदय से दूसरे युवकों की आलोचना का समर्थन करती हुई। नीली बातें भी सुन रही थी और बातें करनेवालों का बोलते वक्त मुँह भी देख रही थी।

कुमार के लिए नीली के भी मन में सहानुभूति पैदा हुई। उस आलोचना के फलस्वरूप उसने निश्चय कर लिया कि यह अच्छा आदमी है और हर एक शंका का समाधान इससे निस्सन्देह होकर किया जा सकता है। कभी-कभी वह होटल जाया करती थी; मैनेजर उसे स्नेह करते थे। दुपहर के भोजन के बाद जब घरवाले आराम करने लगे, होटल चलकर कुमार से स्नेह प्राप्त करने के लिए नीली चंचल हो उठी। मिलने की कल्पना से हृदय में बाल-चापल्य पैदा हुआ, जिससे उसे एक प्रकार का सुखानुभव होता रहा। इधर-उधर देखकर घर के लोगों की आँख बचा त्वरित-पद होटल आई। ठीक सामने मैनेजर का कमरा था। एक दृष्टि से मैनेजर को देखा। मैनेजर के मुख पर कुछ ऐसी गम्भीरता थी कि नीली की सस्नेह आलाप वाली इच्छा दब गई। उसे कुछ भय-सा लगने लगा। तब तक होटल का नौकर रामचरण आया और बोला, "बाबू, अभी नहीं तनख्वाह देना चाहते तो दस दिन बाद दीजिए। मैं अपने भाई के पास जाता हूँ; पर कुमार बाबू के बासन अब हम नहीं छू सकते, हमें रोटी पड़ जाएँगी," कहकर चलने लगा। इसका साफ मतलब नीली समझ गई। एक कुर्सी पर बैठ गई और उसी तरह कभी मैनेजर साहब और कभी नौकर का मुँह देखने लगी।

डाँटकर मैनेजर साहब ने रामचरण को बुलाया, फिर ऊपर नारायण बाबू

और जगदीश बाबू को बुला लाने के लिए कहा।

वह होटल नाम में जितना भड़कीला है, भोजन में उतना सुघर और प्रचुराशय नहीं। नाम के नीचे छोटे अक्षरों में लिखा हुआ है–'वैष्णव भोजन'। होटल में जो कहार हैं, वे भोजन से भी बढ़कर वैष्णव हैं, यानी आचार-शास्त्र का यथानियम पालन करनेवाले। उन्हें तरक्की की भी प्रचुर आशा है, क्योंकि भगवानदीन अहिर अब ठाकुर बन गया है और किसी का छुआ भोजन नहीं करता। उनके मनोभाव की यहाँ पुष्टि होती है। यहाँ ज्यादातर दफ्तरों के वे बाबू रहते हैं जो सरकार को कलयुग की प्रतिष्ठा बढ़ानेवाली प्रधान शक्ति मानते हैं और उसकी या उसके रंग से रँगी अन्य ऑफिसों की नौकरी आर्थिक विवशता के कारण करते हैं; पर वे हृदय से पूर्ण रूप से प्राचीन सनातन-धर्म के रक्षक हैं। उनके विचार में 'यदा यदाहि धर्मस्य ग्लानिर्भवति भारत' का पूरा चित्र इस समय भारत में देख पड़ता है, और श्री भगवान के अवतार में अब क्यों देर हो रही है–यह उनकी समझ में नहीं आता।

नारायण बाबू और जगदीश बाबू को रामचरण बुला लाया। इतवार को भी आराम नहीं मिल रहा, वे नासिका कुंचित किए हुए सोचते-से आकर कुर्सी पर बैठ गए।

मैनेजर साहब ने कहा, "तो क्या कुमार बाबू को जाने के लिए कह दूँ ?"

"यह हम कैसे कहें ?" नारायण बाबू ने कहा, "पर यह जरूर है कि उनके रहने पर हम होटल छोड़ देंगे।"

जगदीश बाबू ने कहा, "यह इंगलिस्तान नहीं। जैसा देस, वैसा भेस। यहाँ तो इस तरह चमारों में ही रहा जा सकता है। भाई, हमें सोना है, हम तो जाते हैं।"

"कुमार बाबू को बुला ला।" मैनेजर ने रामचरण को आज्ञा दी।

कुमार बगल में था। बातें सुन चुका था पहले की और इस समय की। कहा कि बाकी किराए का बिल चुकाकर वह शाम को चला जाएगा, इस समय उसे मैनेजर साहब की बात सुनने की फुर्सत नहीं।

कुमार की आवाज मैनेजर साहब के पास तक पहुँची। नीली खुश होकर उठी। आवाज में खुश कर देने की वैसे ही लापरवाही थी। भीतर से कमरे में न जाकर बाहर के बरामदे में टहलने लगी। बाहर से भी भीतर जाने का दरवाजा है। पर बिना परिचय के जाए कैसे ? मैनेजर से पूछताछ कर कोई

सूरत निकालती; पर उसकी जगह न रही। 'मैनेजर कैसा आदमी है—इसे अक्ल नहीं—होटलवाले गधे हैं।'

नीली बरामदे में टहलती रही, कुमार के झरोखे के पास इच्छापूर्वक धीरे-धीरे, कि वह टोके, स्नेह करे, तब बातचीत हो। उसे कुमार जैसा आदमी पसन्द है। होटलवालों को मालूम नहीं—कैसे आदमी से प्यार और किससे घृणा करनी चाहिए। जब कुमार ने नीली को गिन-गिनकर पैर रखते देखा, तब समझ गया कि सामनेवाले घर की लड़की है। वह उसके घर गया था, इसलिए उसे समझा देना चाहती है कि वह भी आई हुई है और उसके प्रति उसकी सहानुभूति है।

बँगला में कुमार ने आवाज दी, "क्यों ?"

नीली खुश होकर आगे बढ़ गई ! वहाँ से उसका मुँह न देख पड़ता था। उठकर कुमार ने दरवाजा खोला, देखा। देखकर, लजाकर नीली दूसरी तरफ देखने लगी। टोकने से लड़कियाँ अक्सर भाग जाती हैं। नीली भागी नहीं। कुमार की इच्छा हुई, उसे बुलाकर बैठाए और उससे बातें करे। इधर दोपहर-भर धर्म और नीति की बहस सुनते-सुनते परेशान हो रहा था। कहा, "एक तस्वीर मेरे पास है। बहुत अच्छी है। आओ, तुम्हें दूँ।"

एक दफा सारी देह हिलाकर नीली ने 'नहीं-नहीं' की; फिर धीरे-धीरे कमरे में गई। कुमार बँगला बोला। वह साफ बँगला बोल सकता है। यह एक नया आविष्कार नीली ने किया, और पहले उसके मन में जितना सामीप्य कुमार का था, अब और हो गया।

बड़े आदर से कुमार ने कुर्सी पर बैठने के लिए कहा, फिर अंग्रेजी मैगजीन से एक तस्वीर फाड़कर दी।

नीली तस्वीर देखती हुई खुश होकर कुमार से बोली, "आप तो हिन्दुस्तानी हैं।" नीली की साफ हिन्दी कुमार को बड़ी अच्छी लगी। पूछा, "और तुम ?"

"बंगाली।" नीली गम्भीर हो गई ! फिर तस्वीर देखने लगी। हम हिन्दुस्तानियों से बड़े हैं, यह भाव इस जरा-सी लड़की में भी बद्धमूल है, कुमार ने सोचा, फिर हँसकर पूछा, "तुम कहाँ पैदा हुईं ?"

अपना मकान दिखाकर नीली बोली, "वहाँ।"

"तो वह बँगला है ?...तब तो तुम भी हिन्दुस्तानी हो।"

नीली ने लजाकर सिर हिलाया।

कुमार बँगला में बोला, "हम बंगाली हैं, तुम हिन्दुस्तानी हो।"

नीली बँगला में बोली, ''आप हिन्दुस्तानी हैं। मैं जानती हूँ।''

''मेरी जन्मभूमि कलकत्ता है, फिर मैं हिन्दुस्तानी कैसे हूँ ?''

''तुम कहाँ रहते हो ?''

''ढाका।''

कुमार जोर से हँसा और बँगला का पूर्वबंग वालों पर मजाक बनाया एक पद्य कहा। पद्य बहुत मशहूर है। नीली भी जानती थी। चूँकि वह पूर्वबंग की थी, इसलिए उसका उत्तर भी उसने रट रखा था जो पूर्वबंग वालों का बनाया हुआ था, सुना दिया। फिर बोली, ''दीदी कलकत्ते की है।''

कुमार ने नीली के मकान में जूते पालिश करने के लिए जाकर भी निरुपमा को देखा था। समझ गया, पर उस पर कोई बातचीत न की, कहा, ''तुम लोग ढाके के बंगाली बनो, इससे तो बेहतर है कि लखनऊ के हिन्दुस्तानी रहो। बंगाली हम हैं।''

''हूँ,'' कुमार के गर्व के स्वर पर अवज्ञापूर्ण ध्वनि करके नीली ने कहा, ''आप तो रामपुर में रहते हैं। रामपुर दीदी की जमींदारी है।''

कुमार खूब खुलकर हँसा, कहा, ''तुम्हारी दीदी तो बहुत बड़ी जमींदार हैं ! तीन घर का गाँव है और कुल नौ खेत, बाकी सब ऊसर !''

''और भी तो गाँव हैं।'' नीली कुमार को एकटक देखती हुई बोली।

''तुम्हारी दीदी बहुत बड़ी जमींदार हैं। शादी हो जाएगी तब जमींदारी रखी रहेगी; तब तुम जमींदार होगी।''

''नहीं आप समझे ? कहा तो, दीदी कलकत्ते की है; हम ढाका के।''

''हाँ, हाँ, गलती हो गई। तुम्हारी दीदी कलकत्ते से यहाँ कैसे आकर जमींदार बन गईं ?''

''आपके गाँव के कौन जमींदार हैं ?''

''वे तो रामलोचन बाबू हैं।''

''हैं नहीं, थे। उनका देहान्त हो गया, तीन साल हुए। अब दीदी जमींदार है। काम सब दादा करते हैं।'' नीली मन-ही-मन सोच रही थी, दीदी इन्हें प्यार करती है; ये भी दीदी को प्यार करें।

''तो तुम्हारी दीदी की जिससे शादी होगी, वह तो रातोरात मालदार हो जाएगा।''

''हाँ,'' कहकर नीली खिलखिला दी; कहा, ''यामिनी बाबू से होगी।''

यामिनी बाबू का नाम कुमार को याद था। पूछा, ''कौन यामिनी बाबू ?''

"वह जो यूनिवर्सिटी में अभी लेक्चरर हुए हैं।"

कुमार चुप हो गया। फिर जल्दी ही स्वस्थ होकर पूछा, "तुम्हारा नाम ?"

"श्री नीलिमा देवी।"

कहने के सभ्य ढंग पर कुमार हँसा। फिर पूछा, "और हमारे गाँव की जमींदार तुम्हारी दीदी का नाम ?"

नीली मुस्कुराकर बोली, "श्री निरुपमा देवी।"

कुमार कुछ सोचता हुआ-सा उठा, कमरे के बाहर होटल की घड़ी लगी हुई थी, देखने के लिए। लौटा तो नीली ने पूछा, "अच्छा, एक ग्राउंड की घास दो घोड़े दो दिन में चरते हैं तो एक घोड़ा कितने दिन में चरेगा ?"

"चार दिन में। क्यों ? मेरा इम्तहान हो रहा है ?"

"नहीं। आप तो आज चले जाएँगे।"

"तुम्हें कैसे मालूम हुआ ?"

"आप जब कह रहे थे तब मैं वहाँ बैठी थी। अब कहाँ जाएँगे ?"

"कुछ ठीक नहीं। तुम्हारी दीदी की इतनी जमींदारी है, कहीं जगह दिला दो !"

नीली उठी और तस्वीर लिए दौड़ती हुई जैसे कुछ लक्ष्य कर घर चली गई।

दीदी के कमरे में जाकर देखा, वह अंग्रेजी का एक उपन्यास पढ़ रही थी। नीली को अपनी गलती मालूम होते ही दीदी के प्रति कुछ वैमनस्य दूर हो गया। बगल में बैठकर बोली, "कुमार बाबू ने मोची का काम किया है, इसलिए होटलवाले उन्हें होटल में नहीं रख रहे। वह आज कहीं चले जाएँगे। बड़ी अच्छी बँगला बोलते हैं।"

निरुपमा सचिन्त आँखों से सोचती रही। किताब एक बगल रखी रही।

छह

सुरेश के पिता योगेश बाबू पचपन पार कर चुके हैं। गृहस्थी के झंझटों से फुर्सत पा घर रहकर योग-साधन किया करते हैं। ध्यान सदा सुरेश पर रहता है कि नवयुवक गृहयुद्ध के दाँव-पेंच भूलकर सहानुभूति में कहीं बहक न जाए। कर्म द्वारा जो सम्पत्ति अर्जित की है, अब ज्ञान द्वारा उसकी वृद्धि में रहते हैं। सुरेश पिता का आज्ञाकारी पुत्र है। यद्यपि उसमें बीसवीं सदी की संस्कृति-रूप दुर्बलता है, फिर भी वह पिता की कृपा और अपने कर्त्तव्य को दिन-भर में कई बार याद करता है। इसका संसार-सुख-फल वह प्रत्यक्ष भी करता जा रहा है और इसी से होनेवाली देवताओं की पूजाएँ।

निरुपमा योगेश बाबू की सगी भानजी है। उनके बहनोई, बाबू रामलोचन के पिता प्रयाग में कार्यवश आकर रहे थे। रहनेवाले कलकत्ते के थे। रामलोचन की शिक्षा-दीक्षा प्रयाग में हुई, फिर लखनऊ में योगेश बाबू की बहन से ब्याह। क्रमशः सांसारिक संघात में उभरते हुए रामलोचन बाबू युक्त प्रान्त की एक अच्छी इस्टेट के मैनेजर हो गए। दीर्घकाल तक इस पद पर रहे और यथेष्ट धन-अर्जन किया। जमींदारी में रहता हुआ आदमी जमींदारी ही पसन्द करता है उपार्जित अर्थ का व्यय बाबू रामलोचन ने मौजे

खरीदने में किया। मुसल्लम रामपुर और अवध के तीन और मौजों में कुछ-कुछ हिस्सा खरीदा। कुल मिलाकर बारह हजार की निकासी थी। प्रयाग में पहले से उनका अपना मकान था। लखनऊ में भी कई अच्छे बँगले बनवाए। सन्तान केवल निरुपमा थी। इधर मैनेजरी से अवसर ग्रहण कर चुके थे। उनकी मृत्यु से एक साल पहले उनकी पत्नी की मृत्यु हो चुकी थी। औरों की तरह उनका भी ससुराल-पक्ष प्रबल था। ससुरालवालों का ही विश्वास करते थे। कभी-कभी कलकत्ता जाया करते थे। उनके भैयाचार वहाँ थे, पर उन पर विश्वास न था। दैवयोग, पत्नी के मरने के छः महीने बाद खुद भी बीमार पड़े। छः महीने तक इलाज होता रहा; पर कुछ फल न हुआ। एक दिन निरुपमा को योगेश के हाथ सौंपकर उन्होंने सदा के लिए आँखें मूँद लीं। उस समय निरू सोलह साल की थी।

एक शादी की बातचीत पहले निरू की माँ के समय हुई थी, उन्होंने सुधार का इतना ही अर्थ समझा था कि कन्या बालपन पार कर जाए तब उसका ब्याह हो जाना चाहिए; पर उसकी मृत्यु से वह शादी रुक गई, दोष माना गया, फिर निरू के पिता का भी देहान्त हो गया। योगेश बाबू विचारों में यद्यपि सनातनधर्मी थे, फिर भी निरू के विवाह-विषय में ब्रह्मसमाजी बन गए। कहा—आज-कल बीस साल से पहले का ब्याह, ब्याह में ही शुमार करने योग्य नहीं। भीतरी उद्देश्य उनका और था, जिसका पता उनके अलावा उनकी पत्नी को भी नहीं लगा। बात यह थी कि रामलोचन की बीमारी में उन्होंने पचास हजार का खर्च तैयार किया था। उनकी मृत्यु के बाद उनकी जमींदारी तथा मकान-किराए की आमदनी उसी खर्चवाले कर्ज में ब्याज के साथ काटते जाते थे, वह भी इस तरह कि बीस रुपए महीने के मुख्तारआम की जगह सुरेश का मासिक वेतन दो सौ अलग करके, और घर के खर्च और मुआमलों-मुकदमों में जो तीन के तेरह करते थे, वह अलग। इस रूप से ब्याज निकालकर तीन साल में सिर्फ दस हजार रुपए असल में कटे थे। बाकी जिन्स-असबाब निरू के घर से उनके घर पहुँचकर कम अंशों में निरू के रह गए थे। गहने अपनी असलियत खो बैठे थे, उनकी जगह उन्हीं की तरह हलके, दूसरे बनकर आ गए थे। निरू को यह कुछ मालूम न था। इस सबके सम्बन्ध में उसे ज्ञान भी बहुत थोड़ा था। योगेश बाबू के पास इन सबका सच्चा चिट्ठा तैयार था। वे कभी-कभी निरू को सुनाकर कहते थे, 'तुम्हारे पिता ने सिर्फ एक जमींदारी पक्की खरीदी है।' निरू हँस देती। व्यंग्य और अन्योक्ति का इतना पता उसे न था। उसका आदर यथेष्ट था; वह

काफी समझदार हो चुकी थी। जब उसकी माता और पिता स्वर्गवासी हुए, उसे जोरदार धक्का लगा। पर मामा-मामी और वहाँ के भाई-बहनों के स्नेह में अब वह भूलता जा रहा है। इधर कुछ दिनों से, काफी समझदार होकर वह ऐसा अनुभव कर रही है कि उस गृह के वायुमण्डल में उसे स्नेह देकर तृप्त कर देनेवाला कुछ भी नहीं है, वहाँ एक अभाव जैसे सदा ही बना रहता है। जब से विवाह की बात उठी, यामिनी बाबू की आमद-रफ्त बढ़ी, यह अभाव तीव्रता प्राप्त करता गया; जैसे दूर तक विचार करने पर भी सुख का कोई चिह्न स्पष्ट नहीं देख पड़ता। वह केवल गुरुजनों, समाज के अदब-कायदों, विरासत में मिली वहाँ की संस्कृति का अनुसरण करती जा रही थी। क्यों संस्कृति हृदय को संस्कृत नहीं करती—उसके प्रकाश से आई दिव्य अनुभूति प्राणों को समुद्भासित नहीं करती, उसकी समझ में नहीं आता। पर उसका अपना कोई भी निश्चय नहीं। वह जैसे वहीं की, उन्हीं की इच्छा पर निर्भर, उन्हीं के सुख से सुखी है।

यामिनी बाबू योगेश बाबू की साली की ननद के लड़के हैं। बड़ी छानबीन के बाद उनका पता लगाया गया है। सम्पन्न हैं, निरू के जैसे नहीं। कानपुर में उनके बाबा जज थे, पिता वकील। योगेश बाबू ने इन्हें मुलाहजेदार समझकर निरू के विवाह की बातचीत की थी। यद्यपि कन्या के देखने-भर की स्वतन्त्रता बंगाल में दी जाती है, फिर भी इनके विलायती भाव को ताड़कर एक दिन सुरेश से उन्होंने इशारे में यह बातचीत की—परमहंस रामकृष्णदेव की तपोभूमि दक्षिणेश्वर आजकल बंगालियों के कोर्टशिप की जगह हो रही है—दर्शन का बहाना-भर रहता है—और अब उतनी बन्दिश चल भी नहीं सकती। सुरेश पिता के इंगितों का समझदार हो गया था। कवायद शुरू कर दी। योगेश बाबू का मतलब था, निरू सुन्दरी है, यह विलायती बेवकूफ जरूर फँसेगा। जब समझ में आ जाए कि गिरह लग गई, तब इसे कर्जवाला मुआमला समझाकर निरू से पक्की लिखा-पढ़ी करा ली जाए। इस तरह सामाजिक कलंक न लगेगा; और बनाव न बिगड़ा तो लिखा-पढ़ी के बाद भी, इस समय जैसे सुरेश के लिए आमदनी का जरिया रहेगा। रामलोचन का रुपया जमींदारी खरीदने और बँगले बनवाने में खर्च हुआ, यह साफ है। आमदनी वे घूमने-फिरने और अनेक मदों में खर्च कर चुके थे।

योगेश बाबू दोमंजिल पर अपने कमरे में बैठे हुए थे। नौकर ने यामिनी बाबू के आने का संवाद दिया। योगेश बाबू ने बुला लाने की आज्ञा दी।

यामिनी बाबू ने बड़े भक्ति-भाव से प्रणाम किया। अभ्यस्त स्नेह के स्वर से योगेश बाबू ने आदर किया, "आओ, आओ, बेटा, बैठो।" सामने की कुर्सी पर नम्रतापूर्वक यामिनी बाबू बैठ गए। योगेश बाबू पहले की तरह गम्भीर हो रहे।

कुछ देर बाद यामिनी बाबू बोले, "मैं कुछ दिनों के लिए कानपुर जा रहा हूँ।"

"मिलने के लिए !" स्नेह के स्वर से कहकर मुस्कुराकर वृद्ध ने फरशी की नली सँभाली।

"जी नहीं।" साग्रह देखते हुए।

"तो ! गर्मी की छुट्टियों में यहीं क्यों न रहो ? खस की टट्टियों का आराम। मैं इसीलिए पहाड़ नहीं जाता—व्यर्थ खर्च !" सिर झुकाकर एक बगल देखने लगे।

"जी, यहीं रहूँगा।" भक्त की दृष्टि से ताकते हुए।

"हाँ, मैंने सुना है, निरू भी यही चाहती है। उसी ने कहा है शायद तुमसे ?" पूरी प्रसन्नता से मुँह देखते हुए।

लजाकर, "जी, और काम है।"

"कहने लायक हो तो कहो।"

"इसीलिए आया हूँ। रुपयों की जल्द आवश्यकता होगी। एक रेहन की संपत्ति है।"

"कानपुर में ?"

"जी, कोई ले तो रजिस्ट्री बेच दूँगा या करार की मियाद पूरी हो चुकी है, दावा कर दूँगा।"

"कैसी सम्पत्ति है ?" योगेश बाबू अच्छी तरह पल्थी मारकर तनकर बैठे।

यामिनी बाबू ने सारा हाल कहा। फिर यह भी बताया कि उन्होंने सुना है, वह रामपुर का रहनेवाला है। कुमार का हाल कहकर नम्रता से मुस्कुराए।

"हूँ !" योगेश बाबू ने समझ की साँस छोड़ी। फिर कुछ देर तक यामिनी बाबू को देखते रहे। फिर अपने स्वभाव के अनुसार स्वस्थ होकर स्नेह के स्वर से बोले, "कहाँ प्रोफेसरी, कहाँ यह जहमत ?" कुछ रुककर, "तुम चाहो तो हम शक्तिभर तुम्हारी सहायता के लिए तैयार हैं।"

"जी हाँ, मैं तो इसीलिए आया था। बाबा हैं नहीं। सच्ची सलाह आप ही एक देनेवाले हैं और सहायक।"

योगेश बाबू हँसे। कहा, "जरा-सी अड़चन है, फिर कहेंगे, आखिर निरू की सम्पत्ति तो तुम्हारी ही सम्पत्ति है ? अभी निरू के पास भी रुपया नहीं," हँसकर, "बुढ़ापे के सहारे के लिए कुछ कमा रखा था। तुम कहो तो सुरेश के नाम वह रजिस्ट्री खरीद ली जाए; या हम निरू को कर्ज दें, तुमसे निरू खरीद ले।"

"मकान मौके के हैं; अगर आप निरू को कर्ज देकर उसी के नाम रजिस्ट्री खरीद लें, तो बड़ी भारी कृपा हो।"

"अच्छा, अच्छा !" वृद्ध उसी प्रसन्नता से यामिनी बाबू को देखते रहे।

एक मिनट बाद प्रणाम कर यामिनी बाबू ने चलने की आज्ञा माँगी।

"अच्छा बेटा, चिन्ता न करना," कहकर यामिनी बाबू के मुड़ते वृद्ध ने घूरा।

सात

कमल निरुपमा की मित्र है। फर्स्ट आर्ट तक दोनों साथ थीं, निरू ने छोड़ दिया, वह बी.ए. में है। पिता ब्राह्म हैं, उसके भी विचार वैसे ही। बहुत अच्छा गाती है। मिलने आई है।

"नमस्कार।"—कमरे में बैठते ही हाथ जोड़कर कहा।

निरू बैठी थी, उठकर खड़ी हो गई, हाथ जोड़कर वैसे ही नमस्कार किया। चेहरा उतरा हुआ। सँभलने की कोशिश की; पर बहुत कुछ न सँभली। बैठने के लिए कुर्सी ठीक कर दी, "आओ, बैठो," कहकर मुस्कुराई; चिन्ता की रेखाएँ फिर भी खुली रह गईं।

कमल संयत होकर बैठ गई, "भई, इस समय बैठने की इच्छा नहीं, तैयार हो लो, कुछ टहल आएँ।"

कमल के स्वर से स्नेह की प्रसन्नता निरू में जगने लगी। उसे बैठे-बैठे अच्छा न लग रहा था। ग्रीन रूम की अभिनेत्री की तरह अलस बैठी रही, जिसका पार्ट देर में आनेवाला है और जिसमें उसे अभिरुचि नहीं। उठकर हाथ-मुँह धोकर साड़ी बदलने गई।

कमल स्वभाव से चतुर है; उसका अन्दाजा ठीक लड़े, गलत, वह लड़ाती

है। निरू सुन्दरी है, इसलिए उसके पास प्रेम-पत्रों की कमी न होगी, उसने सोचा। इसका आधार था। निरू को प्रेम-पत्र के कारण कॉलेज छोड़ना पड़ा था। राजनीति-शास्त्र के लेक्चरर डॉ. भड़कंकड़ निरू के बगलवाले मकान में रहते हैं, नए-नए विलायत से आए हैं, उन्हें प्रेम के पवित्र सम्बन्ध में किसी प्रकार की रुकावट मनुष्योचित नहीं मालूम देती—प्रेम पाप नहीं। उन्होंने निरू को देखकर कॉलेज की छात्रा के ज्ञान से बढ़ी हुई मानकर, एक चिट्ठी लिखी, जिसमें अपनी सम्मति और विवाह की इच्छा प्रकट की थी। प्रेम के लच्छेदार शब्दों से पत्र सज्जित था। पढ़कर उत्तर लिखने का ढंग निरू की समझ में नहीं आया। उसने पत्र मामा के हाथ रखा। मामा ने निरू का कॉलेज जाना बन्द कर दिया। कमल के लिए यह कम मजाक न था। वह निरू की सरलता, दिव्यता पर तुष्ट थी। पर वह यही नहीं समझी कि मामा ने भड़कंकड़ के पत्र में निरू के प्रति हुए उसके प्रेम की अपेक्षा निरू की जमींदारी पर पड़ी उसकी दृष्टि को ज्यादा साफ देखा था, साथ-साथ यह भी सोचा था कि जो भक्ति मामा के प्रति उसकी है, उसकी रक्षा मामा के लिए पहले आवश्यक है।

कमल उठकर टेबल के ड्राअर खोलने लगी। बन्द कर सिरहाने के तकिए का तला देखा। अन्दाज ठीक लड़ा। एक पत्र पड़ा था, निकालकर पढ़ने लगी। नाम और पता देखकर मुस्कुराकर, उसी तरह रख दिया और भलेमानस की तरह कुर्सी पर बैठकर प्रतीक्षा करने लगी।

निरू तैयार होकर आई। ''कहाँ चलना है ?'' मुस्कुराकर पूछा।

''कहीं नहीं, गोमती साइड तक टहल आएँ।''

''पर लौटकर गाना गाना होगा।''

''हाँ, हाँ; समय बड़ा अच्छा है !''

कहकर कमल हँसी। निरू सरल दृष्टि से देखती रही। आईने में एक बार चेहरा देखकर कमल निरुपमा को लेकर बाहर निकली। देर तक कोई बातचीत नहीं हुई। सीधी निगाह रास्ता देखती हुई दोनों गोमती की तरफ चलीं। कैसरबाग पार हो गया, लोगों की भीड़ घट गई, इक्के-दुक्के रह गए कभी-कभी आते हुए।

''आज-कल तुम्हारे रोमांस का क्या हाल है ?'' खुली हुई कमल ने पूछा।

''कैसा रोमांस ?'' निरू ने लजाकर मुस्कुराकर पूछा।

''वही भड़कंकड़वाला ?''

"भई, तुम्हें हमसे ज्यादा आजादी है। हमें बहुत वक्त, बहुत वक्त नहीं–अक्सर घरवालों की मर्जी पर रहना पड़ता है।"

"अच्छा, तो इधर का कोई मर्जीवाला रोमांस हो तो बतलाओ।"

निरुपमा मुस्कुराकर कमल को देखने लगी।

"इसी तरह मुस्कुराती देखती रहो, यही मैं चाहती हूँ।" निरुपमा को मर्म तक गुदगुदाकर उभाड़ने के लिए कमल ने कहा, "अगर कोई प्रसंग चल रहा है तो उससे तुम सुखी हो, इसके ये मानी है, यानी केवल तुम्हारे घरवालों की मर्जी नहीं।"

कमल की 'यानी' से निरुपमा को हँसी आ गई; मजाक में बनाकर पूछा, "अर्थात् ?"

और तेज होकर कमल बोली, "अर्थात् उनसे तुम्हारे मामा नहीं शादी कर रहे।"

निरुपमा समझकर चुप हो गई। कमल ने बनावटी क्रोध से कहा, "देखो, विवाह मजाक नहीं, एक जिन्दगी-भर का उत्तरदायित्व है–बिना समझे, बिना मन मिले।" सोचती हुई बोली, "तुम मेरी सखी हो, मुझसे छिपाना ठीक नहीं; मैं तुम्हारा उपकार कर सकती हूँ," कहकर उत्तर की प्रत्याशा में कृत्रिम गम्भीर हो गई। वह निरुपमा से उसके प्रेम और विवाह की कथा सुनकर सुखी होना चाहती थी और दुख में साथ देना एक सच्ची सखी की तरह।

निरू को कष्ट होने लगा। वह विवाह मनोनुकूल नहीं, फिर भी वह कह नहीं सकती, कुमारवाला प्रसंग जिसका सत्य की प्रीति से आगमन हुआ था, वह किसी तरह नहीं कह सकती। समझ रही है–खुलकर अपने गौरव, प्रतिष्ठा और मर्यादा से, छाँह में आनेवाले भरे घड़े की तरह सूर्य के बिम्ब से रहित हो जाएगी। रुख न मिलाती हुई, संयत होकर बोली, "भई, हम लोगों की कोई अपनी मर्जी नहीं होती।"

"पर प्राणों की होती है।" कमल का मजाकवाला भाव बदल गया। निरुपमा कुछ विचलित हुई, पर सँभल गई। कमल कहती गई, "तुम्हारी संस्कृति की छाप, तुम पर गहरी होती जा रही है और इसलिए अपने यहाँ की पर्दा-प्रथावाली देवियों को–जैसे तुम इस प्रसंग को पर्दे में रखना चाहती हो, पर यह अगर प्राणों पर पड़ता हुआ पर्दा है, तो निश्चय यह सदा के लिए पड़ा ही रह जाएगा।"

"हाँ, यह तो।" निरुपमा लजाकर बोली।

"यानी ?"

"यानी और क्या ? तुम ठीक कहती हो।" बदल गई।

"निरू !" कमल स्नेह के आवेश में आ गई, "मैंने बाबा से बहुत तरह की बातें तुम्हारे और तुम्हारे मामा के सम्बन्ध में सुनी हैं; पर तुमसे नहीं कहीं।"

निरुपमा जीती। हृदय को दबाकर, सँभली हुई, सखी के हृदय को खोल दिया। स्नेह से हाथ पकड़कर कहा, "तो तुमने मुझसे छिपाया--यह स्नेह-व्यवहार न था।"

"हो, न हो; पर आज इसीलिए मैं तुमसे मिलने आई थी। यामिनी बाबू से तुम्हारा विवाह हो रहा है, यह लखनऊ-भर के बंगाली जानते हैं। मैंने एक चिट्ठी उनकी तुम्हारे तकिए के नीचे देखी है। पढ़ी भी है। इसलिए जानना चाहती थी कि यह विवाह तुम कर रही हो, या तुम्हारे मामा कर रहे हैं ?"

"इसीलिए मैं नहीं कह पा रही थी, भगवान ने पुनरुक्ति से बचा लिया। मेरे कहने से पहले सब कुछ तो मालूम ही कर चुकी हो। मेरा जो कहना है, वह मैं कह चुकी हूँ। और, तुम जानती हो, क्लास की लड़कियों के नाटक में प्रेम की बातें सुनकर मैं हँसती थी। भड़कंकड़ साहब को क्या सूझा, बैठे-बिठाए मेरा पढ़ना बन्द करा दिया !"

कमल खुलकर हँसी, "उसे तो तुम अपना मनोभाव लिखकर भले आदमी की तरह उत्तर दे सकती थीं ! मामा को पत्र दिखाने की क्या बात थी ?"

"अब क्या बताऊँ, मेरी गलती ! उत्तर न भी देती।" निरुपमा शून्य दृष्टि से कुछ देर तक रेजीडेंसी की ओर देखती रही, फिर कहा, "अच्छा, कौन-सी बातें तुमने अपने बाबा से सुनी हैं ?"

"तुम्हारे मामा पर बाबा विश्वास नहीं करते। उनका खयाल है, तुम्हारी जमींदारी पर तुम्हारे मामा की मामूली निगाह नहीं।"

"पर मामा मेरी जमींदारी ले तो सकते नहीं।"

"जमींदारी की आमदनी तो ले सकते हैं। क्या तुम्हें मालूम है, तुम्हारी जमींदारी की कितनी आय है और तुम्हारे बाबा के देहान्त के बाद अब तक कितना रुपया तुम्हारे नाम जमा हुआ ?"

"निकासी वगैरह तो मालूम है, क्योंकि बाबा के वक्त इसकी काफी बातचीत सुन चुकी हूँ। मामा काम सँभाले हुए हैं, कुछ कहने-सुनने की उन्होंने कोई जरूरत नहीं समझी होगी।" सीधे कहकर निरुपमा विचार में

पड़ गई, जैसे यह एक बात ध्यान देने की हो।

अँधेरा अच्छी तरह नहीं हुआ। दोनों गोमती के किनारे-किनारे छतर-मंजिल की सड़क की तरफ से लौटीं। एक खाली ताँगा आता हुआ देख पड़ा। निरुपमा ने हाथ उठाया। ताँगा खड़ा हो गया, "थक गई हूँ," कमल से बोली, "जल्द लौट चलें, अभी तुम्हारा गाना सुनना है, फिर जल्द-जल्द भेजवा देना है।"

"जल्द-जल्द भेजवा देना है, क्यों ?" बैठती हुई, कमल ने पूछा, "क्या यामिनी बाबू आनेवाले हैं ?" बँगला में बोली, ताँगेवाले के न समझने के निश्चय से।

"यामिनी बाबू से मैं घर में नहीं, सिकन्दर बाग में मिलती हूँ।"

कमल जोर से हँसी। उसके गुप्तदान का फल मिला है। पूछा, "तो तुम खुश हो ?"

"मुझे खुश करने के लिए है, यह तो मानती हो ?"

"नहीं, सँभलकर खेलना है।"

"दादा मैच-मेकर है।"

कमल सन्ध्या के पश्चिमाकाश की तरह रँग गई। पूछा, "कैसे ?"

"मुझे बाग तक साथ ले जाकर छोड़ देते हैं।"

"फिर ?"

"फिर यामिनी बाबू प्रेम की कविता सुनाते हैं।"

"क्या कहते हैं ?"

"भई, यह सब मुझसे न बनेगा। एक प्रेम का नाटक पढ़ो न, पढ़ तो पचासों चुकी होगी, पार्ट भी कर चुकी हो।"

"तुम्हें लगता कैसा है ?"

"जैसे वहाँ की तरह-तरह की चिड़ियों की बोलियाँ सुनीं, एक स्वर यामिनी बाबू का भी सुना।"

"तो इन्हीं से विवाह का निश्चय है ?"

"सन्देह तो कहीं भी नहीं देखती।"

"अपने मन में ?"

"वहाँ भी नहीं।"

आठ

निरू ने कमल को स्नेहपूर्वक बिदा किया। कमल से वह कुछ खुल गई, इसके लिए मन में कुछ लज्जित हुई। पर, कमल उसकी हिताकांक्षिणी है, सोचकर आश्वस्त हुई। ऐसी छोटी-छोटी बातों पर ध्यान देना ठीक नहीं, आखिर यह गीत हर बंगाली के गले पर है, कैसी पर्दगी है ! और वह पर्दा करती है। उसके समाज में वर पक्ष अच्छी तरह कन्या को देख सकता है, पर कन्या के लिए वह आजादी नहीं। विवाह जैसे केवल वर का हो रहा है, वह ही हर तरह वरेण्य है। यामिनी बाबू उसके मनोनीत नहीं है, जिससे विवाह करना है। पर उसे मनोनीत कर विवाह करना है। वह यन्त्र की तरह है, स्वेच्छानुसार छेड़कर राग मिलाए--यह संस्कृति।

उपाय के लिए सोचा, पर चारों ओर मामा नजर आए। मामा के लिए जैसा कहा जाता है, कमल जैसा कह गई है, मुमकिन है, सच हो। उसे हृदय में अस्वस्ति मिलती थी, यह वह मालूम कर चुकी है। यह भी देख चुकी है कि वैषयिक बातचीत, उसकी जमींदारी के सम्बन्ध की, अगर कुछ होती रहती थी और उस समय वहाँ वह जाती थी तो बन्द हो जाती थी। उसे यह भी नहीं मालूम कि अब तक कितना रुपया जमा हुआ। उसे रुपए की

भूख नहीं। जमींदारी थी, वह भी पिता की स्मृति के रूप में न मिली होती तो वह न चाहती; और सत्य के मार्ग पर वह मामा और सुरेश दादा को सभी कुछ दे सकती है; पर इस तरह की कलुषित भावना लोगों में क्यों फैली है ?–अब वह स्वार्थ और परार्थ को अच्छी तरह समझने लगी है, उसकी जमींदारी में, उसी की जबकि वह है, उसी की जहाँ रिआया है, स्वार्थ का बर्ताव प्रबल है या परार्थ का, वह नहीं जानती। परार्थ का बर्ताव किया जाए, तो अच्छी तरह किया जा सकता है, क्योंकि उसका खर्च बहुत थोड़ा है। कृष्णकुमार का क्या हाल है ? उसी की जमींदारी का रहनेवाला है। निरुपमा में एक भेद पैदा हो गया। समस्त सात्त्विकता, जिसे असात्त्विक प्रभाव पड़ता हुआ आवृत्त कर रहा था, जैसे एक साथ जगकर केन्द्रीभूत हो विचार में बदल गई। उसे मालूम हुआ, घरवालों की आँखों में वह किशोरी थी और अपने को भी वैसी ही समझती थी, वह भ्रम था; वह समय, बहुत समय हुआ, पार हो चुका है। वह राय रखती है।

सुबह उठकर हाथ-मुँह धोकर निरुपमा बैठी थी कि उसकी दासी ने आकर कहा कि मामा बाबू बुलाते हैं।

निरुपमा उठकर मामा के पास चली। कमरे में उनकी गद्दी की बगल में बैठकर नत आँखों से पूछा, ''माँ आ गई ?''

योगेश बाबू एक हिसाब देख रहे थे, निगाह उठाकर कहा, ''बैठो, काम है, अभी कहता हूँ।'' फिर हिसाब देखने लगे।

निरू चुपचाप बैठ गई। कुछ देर में योगेश बाबू निवृत्त हो गए। स्नेह की दृष्टि से नत निरू को देखते रहे। फिर कहा, ''माँ, अब तक तो तुम्हारे नौकर की तरह तुम्हारा काम करता रहा; पर अब वृद्ध हो गया हूँ। कुछ आराम चाहता हूँ। तुम्हें समझा दूँ, तुम मालकिन की तरह अपनी आज्ञा धारण करो--आखिर अब बहुत दिन तो है नहीं।'' योगेश बाबू निरू को देखकर मुस्कुराए।

इस स्नेह-स्वर में फर्क नहीं हो सकता, निरू ने निश्चय किया, लोग यों ही दूसरे को नीचा दिखाने के आदी हैं। स्नेह से उमड़कर नम्र हँसकर मामा को सरल दृष्टि से--वही जो किशोरी की दृष्टि थी–देखकर, बोली, ''आज्ञा कीजिए।''

वृद्ध फिर हँसे, ''तुम्हें देखता हूँ तो रानी की याद आ जाती है।'' रानी निरुपमा की माता का नाम था। ''तुम्हें सुखी करके मैं स्वर्ग का भागी हूँगा, मुझे पूरा विश्वास है।''

निरू वैसी ही सरल दृष्टि से देखती रही।

''आज तक तुमसे नहीं कहा,'' वृद्ध गम्भीर हो गए, ''जरूरत भी नहीं थी। अब है। क्योंकि सम्पत्ति-विषय में भी तुम्हें सँभाल देना है।'' नली मुँह में लगाकर, धीरे-धीरे कई कश खींचे।

''यामिनी को रुपए की जरूरत है।''

निरुपमा कुछ सँभलकर जैसे अच्छी तरह विषय में प्रवेश करना चाहती है, भाव को और भी तेज दृष्टि से देखने लगी।

वृद्ध कहते गए, ''कभी-कभी हाथ खाली हो जाता है। तुम्हारे पिता बीमार बड़े थे, तब पास कुछ न था।''

निरुपमा को भीतर से जैसे किसी ने हिला दिया। कमल की बात याद आई।

वृद्ध धीरे-धीरे सारी कथा कह गए। फिर रुपए लेने के सम्बन्ध में यामिनी बाबू की इच्छा प्रकट की, फिर हँसे, कहा, ''तुम्हें यामिनी बाबू के लिए कर्ज लेना पड़ रहा है।''

निरुपमा के मुख पर विकार न था। अपनी साम्पत्तिक मर्यादा और ऋण की क्षुद्रता समझकर वह चंचल न हुई। केवल इस विषय में दूसरों की दूरदर्शिता उसे याद आती रही।

''माँ, तुम्हें समझा देना मेरा काम था, मेरे पास बहुत कुछ तो है नहीं। इसी पर मेरा बुढ़ापा और तुम्हारे भाई-बहनों का भविष्य निर्भर है। नहीं तो तुम्हारे पिता मेरे ऊपर थोड़े ही थे ?''

''जी नहीं, मैं तो सोचती हूँ, दादा के लिए मैं इससे भी कुछ अच्छी व्यवस्था कर दूँ।''

''यह मैं जानता हूँ, तुम्हारा प्यार सभी को जता देता है; और तुम्हारा दादा तुम्हें फूफू की लड़की थोड़े ही समझता है ?''

निरू मुस्कुराकर बोली, ''रामपुर में बाबा ने डेरे की जगह रहने लायक एक घर बनवाया था।''

''हाँ; वह अब भी है।''

''मेरा विचार है, एक बार कुछ दिन रामपुर रह आऊँ।''

''लेकिन,'' वृद्ध सोचते हुए बोले, ''बड़ी दिक्कत होगी। गर्मी है। देहात में तुम्हें अच्छा न लगेगा। वहाँ मिलनेवाली भी कोई नहीं। अकेली, फिर हिन्दुस्तानी हमें कुछ नीची निगाह से देखते हैं,'' हँसकर बोले, ''मछली का तो वहाँ अध्याय समाप्त है।''

“बाबा के साथ मैं एक बार हो आई हूँ। मेरा खूब जी लगता है। देहात की हवा अच्छी होती है और अभी नहीं, जून में जाना चाहती हूँ। आमों की फसल होगी।”

“अच्छा,” धीमे स्वर से योगेश बाबू बोले, “तुम्हारे दादा साथ जाएँगे, और ?”

“और नीली।”

नौ

नीम के नीचे बैठक है। गुरुदीन तीन बिस्वेवाले तिवारी हैं, सीतल पाँच बिस्वेवाले पाठक, मन्नी दो बिस्वे के, सुकुल, ललई गोद लिए हुए मिसिर–पहले पाँच बिस्वे के पाँडे, अब दो कट गए हैं, गाँववालों के हिसाब से, ललई पाँच ही जोड़ते हैं। सब हल जोतते और श्रद्धापूर्वक धर्म की रक्षा करते हैं। बेनी बाजपेई कानपुर के मिठाईवाले हैं; पर धर्म की रक्षा करते हुए बीसों बिस्वे बनाए हुए हैं, नीम की जड़ पर बैठे, बाकी इधर-उधर। पानी बरस चुका है, ये खेत जोतकर विश्राम करते हुए सामाजिक बातचीत कर रहे हैं, पतन से समाज की रक्षा के विचार से। सभी समाज के कर्णधार हैं। सामाजिक मर्यादा में बड़े, बेनी, सभापति का आसन ग्रहण किए हुए हैं। "बाजपेई जी," व्यंग्य में ललई बोले, "किसुन तो आप लोगों में है ?"

"हम लोगों में ?" बाजपेई नाराज होकर बोले, "हमारा बीस बिस्वे में खानदान–हेत व्यवस्था, किसुन कनवजिया है !"

"लोग तो कहते हैं ?" गुरुदीन स्वर ऊँचा कर बोले।

मुँह बिगाड़कर बेनी ने कहा, "ऐसे बहुत हैं ! सब बने हुए हैं।"

“अब कितने रह गए, बाजपेई जी ?” सीतल ने हँसकर पूछा।

“अब भी उतने ही हैं।” मन्नी ने उसी तरह उत्तर दिया।

“अब क्या हैं ! जैसे बने थे, वैसे ही धो गए।” बेनी गम्भीर होकर बोले, “अब तो मकुआ पासी उनसे अच्छा है।”

“विलाइत से लौटकर घर नहीं आए।” गुरुदीन इशारे की दृष्टि से देखकर बोले।

“घरवालों को बचाए रहना चाहते हैं।” धीमे गम्भीर स्वर से सीतल ने कहा।

“लेकिन क्या बचे रहे घरवाले ?” पूरी जानकारी से जैसे मन्नी ने कहा।

बेनी हँसे, मन्नी को देखकर अपनी उच्चता में गम्भीर हो गए। फिर कहा, “किसी की बुराई नहीं करनी चाहिए, पापी अपने ही पापों बहेगा।”

“अरे बाजपेईजी,” मन्नी पंजों के बल उठकर बोले, “कानपुर में अपनी अम्मा को बुलाकर मिले और घर न आए, तो क्या गाँववाले इतने बेवकूफ हैं कि नहीं समझे कि वहाँ अम्मा ने सपूत को चौके में बुलाकर खिलाया होगा ?”

मन्नी को बाजी मारते देखकर गुरुदीन त्योरियाँ चढ़ाकर बोले, “उसी के बाद रामचन्दा कुएँ पर मिला, हमने कहा, यह तेवारियों का कुआँ है, जहाँ बाप ने खुदवाया हो, वहाँ जाव भरो। फिर क्या भरने पाया ?”

सीतल बोले, “लेकिन घरों में आना-जाना हमने बन्द कराया है। नहीं तो तुम्हारे साथी अब तक कितने बेधरम हो चुके होते।”

शिष्टता से गम्भीर होकर बेनी ने कहा, “कहना न चाहिए; लेकिन वही कहावत है कि कहता हूँ तो माँ मारी जाती है, नहीं कहता तो बाप कुत्ता खाता है।”

“कही डालिए अब, बाजपेईजी।” कई कंठों ने एक साथ आग्रह किया।

“क्या कहें !” बेनी फिर गम्भीर हो गए।

“तो अब कुछ मिलने-मिलाने की बात थोड़े ही रह गई है कि कहने से कलंक दबा रह जाएगा ?” ललई ने गले में जोर देकर कहा।

“भाई, हमने तो देखा नहीं, लेकिन रामनाथ सुकुल की कही कहते हैं कि किसुन अब लखनऊ में चमार का काम कर रहे हैं—जूता पालिश करते हैं।”

मारे घृणा के सब लोग गड़ गए।

यथार्थ धार्मिक स्वर से बोले, "पाप है और कुछ नहीं, मति भ्रष्ट हो गई !"

कुछ देर तक लोगों में सन्नाटा रहा। कामता दुबे दूसरे हार से घर जाते हुए, लोगों को देखकर मुड़े। पास आकर अपने आने की सूचना दी, "किसकी नानी मरी, हो ?"

भिन्न भाव की तरंग फैली। ललई कामता के काका लगते थे, कहा, "तेरी।"

"मेरी तो तेरे आने से पहले मर चुकी थी," बाजपेई को देखकर, "पालागों बाजपेईजी।"

खुश होकर, "आओ, दुबे; किसुन की बातें हो रही हैं।"

"अब क्या, अब तो किसुन के पौ बारह हैं। राह में चिट्ठीरसा मिला था। पचास का मनीऑर्डर भेजा है।" राम-राम करके कामता भी एक बगल बैठ गए।

लोगों में आश्चर्य का भाव फैल गया।

मन्नी बोले, "कलजुग है। बड़ा कड़ा मुकाम। राम का नाम लो, खाने को न मिलेगा। दूर से ठेंगा दिखाओ, सब मजे में देखेंगे।"

गुरुदीन गर्म पड़कर बोले, "धिक्कार है उसको, जो धर्म छोड़कर जिया। गाँव में रहना मोहाल न कर दिया तो छानबे नहीं।" जनेऊ से अँगूठा निकालकर, "बंजर अमले थे; चार बिगहा में छः पेड़, बेदखल करा दिया। मालिक बोले, स्याबास गुरुदीन, हम खेत भी इनके बेदखल करेंगे, आठ बिगहा लिखाए हैं, बैल एक नहीं—बटाई देते हैं। हमने गवाही दी, तीन पुश्त के खेत छूट गए। अब घर, घर है।"

"कानपुर में दो मकान हैं, वे रेहन हैं; कलकत्ते में घाटा आया, सारा खेल खतम हो गया। अफसोस, अफसोस गिरिजाशंकर कूच कर गए। लड़के का मुँह भी न देख पाए।"

मन्नी और कहने को दम भरकर रह ही गए। ललई ने रोक लिया, "कहते हैं, महाजन की एक रजिस्टरी आई थी, लखनऊ भेज दी गई।"

"अब कुछ चुकाया थोड़े चुकने का है रुपया, घर-भर तौल जाएँगे।" कामता रुपए के महत्त्व में डूबे हुए बोले।

गुरुदीन हँसकर बोले, "नाक तक आ गए हैं। लेकिन वाह री औरत; मिजाज वैसा ही है। अपने हार से पानी लाती है। और रमचन्दा वहीं नहाने भी जाता है।"

"अब काहे का हार !" ललई बोले, "जब तक मालिक खेत नहीं उठाते तब तक भर ले कुएँ से पानी। फिर ?"

"फिर बेटा जूता गाँठे, अम्मा खाल सेहलावे।" बेनीप्रसाद भाववाली दृष्टि से देखते हुए बोले, "क्यों गुरुदीन भाई ?"

"यह तो होना ही है ! मालिक ने कहा था कि खेत तुमको देंगे, अबकी लिखवा लेना पट्टा। माँगते बहुत हैं।" गुरुदीन ने सरल भाव से कहा।

"अरे भाई, बंगाली और पुलिस, ये बाप के नहीं होते।" कामता ने कहा, "जाड़े-भर हम कलकत्ते में बनियाइन बेचते हैं, हमको अच्छी तरह मालूम है। उधार दे दो तो वसूल नहीं होने का। तगादे जाव तो कानून बताते हैं।"

"अब धर्म नहीं रहा।" गुरुदीन ने नाक सिकोड़कर जैसे किसी पर घृणा करते हुए कहा।

ललई भाव समझकर जैसे मुस्कुराए। मन्नी ने आँख का इशारा किया। बाजपेई ने भी गोलवा मुस्की छोड़ी।

कामता बोले, "मालिक सब ऐसे ही होते हैं, पहले कौल करते हैं, फिर बदल जाते हैं।"

लोगों ने देखा–स्टेशन से रथ और रब्बा आ रहा है। ललई ने कहा, "हाँ, मालिक के आने की बात थी। अब के असली मालकिन, बिटिया आ रही है।"

सब उठकर धीरे-धीरे उसी तरफ बढ़े।

दस

रामपुर आते-आते निरुपमा के दिल का क्या हाल था, वह काव्य का विषय है। नीली भी नील आकाश की चिड़िया थी, चपल सुख के पंख फड़काकर उड़ती हुई। मुश्किल से एक रात डेरे में रही। सुबह होते ही गाँव घूमने निकली। निरू ने रोका नहीं। केवल उसे सजा दिया। कुछ कहा भी नहीं। नीली को कोई भय नहीं। वह जानती है, उसकी दीदी वहाँ की जमींदार है। वहाँ की कुल जमीन पर उसकी दीदी का अधिकार है। वहाँ उसकी गति अप्रतिहत, शक्ति अपराजेय है, वह वहाँ के आदमियों को कटाक्ष मात्र से अमीर और गरीब बना सकती है, उस दीदी की वह छोटी बहन है।

लोगों में बड़प्पन का एक प्रभाव पड़ गया। रात को काफी बातचीत हो चुकी थी। बड़े-छोटे प्रायः सभी सुरेश बाबू के पास हाजिरी दे आए थे। कुछ से सुरेश ने हली के हल ले आने के लिए कहा था। यद्यपि लोग अपने खेत नहीं बो पाए थे, फिर भी जमींदार का काम आगे होता है, सोचकर चुप रह गए थे।

नीली जिस गली से निकलती है, सब उसे एक दृष्टि से देखते हैं। उसका पहनावा ऐसा है, सबकी आँखों में ऐश्वर्य का भाव मुद्रित हो जाता

है। लड़के, लड़कियाँ, उसकी उम्र के होने पर भी उससे बोलने का साहस नहीं करते। वह भी विशेषता की दृष्टि से उन्हें नहीं देखती। उसका लक्ष्य और है। सामने एक पंडितजी स्नान कर राम-नाम जपते हुए आ रहे थे, नीली को उन पर श्रद्धा नहीं हुई, उनका मुख और मुद्रा देखकर। पर रामपुर के विषय में जानकारी प्राप्त करने के लिए उन्हें ही उसने पण्डित समझा। यद्यपि उनके प्रति नहीं, फिर भी, प्यार से भरे और प्रतिष्ठा से मजे, ललित और ओजस्वी कंठ से उसने पूछा, ''कुमार बाबू का कौन-सा मकान है ?''

''कौन कुमार बाबू ?'' वृद्ध ने एक धक्का खाकर जैसे पूछा।

''कृष्णकुमार बाबू, और कौन कुमार बाबू !'' नीली ने तेज निगाह डाली।

''वह है, वह। जो पक्का मकान है,'' कहकर वृद्ध घृणा से मुँह फेरकर पूर्ववत श्रद्धापरायण हो राम-नाम जपते हुए चले। कुछ याद कर लोटे से चार बूँद पानी मुँह में डाल लिया।

नीली बिना हिचक के भीतर घुस गई और जूते समेत आँगन में जाकर खड़ी हुई; एक प्रौढ़, किन्तु आँखों को तृप्ति देनेवाली मूर्ति देखकर उसी तरह बिना रुकावट के पूछा, ''यह कुमार बाबू का मकान है ? कुमार बाबू आपके कौन हैं ?''

देवी को बालिका की हिन्दी बड़ी भली मालूम दी, मुस्कुराती बढ़ती बालिका को देखती हुई बोली, ''कुमार मेरा बाप है।'' वे बँगला अच्छा जानती थीं। पढ़ी भी थीं। बालिका के पास आकर सिर पर हाथ फेरकर पूछा, ''अब मालूम हुआ ?''

नीली लजा गई। लजाकर भी वह दबनेवाली नहीं, तुरन्त उत्तर देना उसका पहले का स्वभाव है, बोली, ''नहीं, आपके लड़के हैं।''

''आओ, बैठो।'' बालिका को सस्नेह पलँग पर बैठालकर कहा, ''तुम बड़ी अच्छी हिन्दी बोल लेती हो।''

''मैं स्कूल में हिन्दी पढ़ती हूँ। कुमार बाबू कहाँ हैं ?'' नीली कुछ हताश हो चली।

''वह तो वही हैं, तुम उसे नहीं ले आईं ?''

नीली फिर लजा गई, बोली, ''इधर एक महीने से मैंने उन्हें नहीं देखा, पहले हमारे सामने के होटल में रहते थे, होटलवाले ने उन्हें नहीं रहने दिया।''

कुमार अपना सब हाल लिख चुका था; होटल छोड़ने का। देवी सावित्री कुछ संकुचित हुईं, पर डरीं नहीं। नीली को जलपान कराने के लिए कुछ

पकवान घर के बनाए लेने के लिए गईं। नीली बैठी हुई घर देखती रही।

एक छोटी रकाबी में रखकर नीली को देते हुए कहा, "थोड़ा जलपान कर लो।"

स्नेह के स्वर में नम्र होकर, खाने की इच्छा न रहने पर भी, सभ्यता की स्वाभाविक प्रेरणा से नीली ने रकाबी ले ली और निर्विकार चित्त से खाने लगी। देवी सावित्री गिलास में पानी ले आईं।

नीली का हाथ धुलाकर, तौलिया पकड़े हुए पोंछवाकर, स्नेह से कहा, "कुमार बाबू की तुम्हारी अच्छी जान-पहचान है ? तुम्हें खोजते हुए बड़ी मिहनत करनी पड़ी।"

नीली की सरलता उमड़ी कि कुमार बाबू के पेशे की बात कहे, पर एक अज्ञात दबाव से दब गई, बोली, "हाँ, मेरे सामने रहते थे, मैं भी जानती हूँ, दीदी भी जानती हैं।" जबान फिसल गई, सोचकर चुप हो गई।

"दीदी कौन ?"

"दीदी, दीदी, और कौन ?" अबकी सँभलकर नीली ने उत्तर दिया।

"रामलोचन बाबू की लड़की ?"

"हाँ," नीली लजाकर बोली।

माँ की दृष्टि में पुत्र का सांसारिक प्रसंग, सूक्ष्मतम कारण रूप में रहने पर भी कार्यरूप से आ जाता है। कारण, संसार के मार्ग में माँ आगे चली हुई होती है। जो प्रेम बीजरूप में रहकर भी नीली की समझ में आ गया था, वह नीली की ध्वनि से माँ के हृदय में भी स्पष्ट हो गया। कुमार उन्हीं का कुमार है। वे उसे और अनेक रूपों से जानती हैं। इस निश्चय को विशेष महत्त्व न देकर, हँसकर उन्होंने बँगला में नीली से पूछा, "तुम्हारा नाम ?"

मुस्कुराकर नीली बोली, "श्री नीलिमा देवी।"

"बड़ा अच्छा नाम है; हम लोग नीलिमा के भीतर रहते हैं !"

नीली खुश हो गई।

हँसकर देवी सावित्री ने पूछा, "तुम्हारी दीदी नहीं आई ?"

"आई है।"

"नहीं, हमारे यहाँ, तुम तो हमारी माँ हो ? हमारा निमन्त्रण उनसे कह देना।"

सम्मति की सूचना में जैसे नीली ने गर्दन हिलाई। इसी समय रामचन्द्र बाहर से आया। माँ को देखकर बोला, "हमारे खेत सुरेश बाबू जुतवा रहे हैं।"

"हमारे खेत क्यों ?" माँ ने कहा, "हमने खरीदे हैं ! उनके खेत हैं, उन्होंने ले लिए।"

"इनका मुँह कुमार बाबू के मुँह से मिलता है," नीली बोली।

"हाँ," सस्नेह देखती हुई सावित्री देवी ने कहा, "यह कुमार बाबू का छोटा भाई, रामचन्द्र है।"

नीली चलने के लिए उठकर खड़ी हुई। माता ने पुत्र से डेरे तक भेज आने के लिए कहा। रामचन्द्र नीली से दो ही तीन साल का बड़ा है। साथ लेकर चला। देखा, कई आदमी घर के इधर-उधर खड़े हैं। देखकर अपने-अपने रास्ते से जैसे चल दिए। रामचन्द्र नीली को डेरे ले आया।

नीली दौड़ी हुई भीतर गई और फिर दौड़ी हुई बाहर आई, रामचन्द्र कुछ ही कदम घर को चला था, "ए रामचन्द्र, यहाँ आओ।"

रामचन्द्र नीली के पास आया। नीली ने भरे प्यार के गले से कहा, "मेरे साथ आओ, भीतर।"

रामचन्द्र भीतर गया। निरुपमा को देखकर दोनों हाथ जोड़कर प्रणाम किया। निरू निष्कलंक हो गई। थोड़ी देर तक देखती रहकर, उस अविकच मुख-श्री में एक विकचपूर्ण पुष्ट मुखच्छवि प्रत्यक्ष कर, स्नेह के ललित कंठ से पूछा, "तुम्हारा नाम क्या है ?"

विनीत स्वर से रामचन्द्र ने कहा, "जी, मुझे रामचन्द्र कहते हैं।" मन से रामचन्द्र ने समझ लिया, यही हमारे गाँव की मालकिन हैं।

"रामचन्द्र कृपालु भजु मन हरन भवभय दारुणम्," निरुपमा हँसती आँखों देखती हुई बोली, "रामचन्द्र हमारे राजा हैं। हमारे बड़े भाग हैं जो हमारे यहाँ आए हुए हैं।" कुर्सी की ओर हाथ से इंगित करती हुई बोली, "बैठिए।"

लजाया हुआ रामचन्द्र बैठ गया। निरू ने दासी से जलपान लाने के लिए कहा।

निरू की आँख नहीं हटती। मुख की मधुरता में अपार तृष्णा बुझ रही है। दासी के हाथ से तश्तरी लेकर बड़े प्यार से हाथ पर रखी और शौक करने के लिए कहा।

बालक निस्संकोच भाव से खाने लगा।

गाँववालों के असद् हृदय अमानुषिक बर्ताव का प्रभाव बालक पर माँ से अधिक पड़ा था जिन्हें वह भक्ति करता था, अपना समझता था, जिनके प्रति संसार के अन्य लोगों से उसका अधिक आकर्षण था, जब वही संसार

के सबसे बड़े शत्रुओं में बदल गए, तब बालक एकाएक कवाकर रह गया। मनुष्य मनुष्य के प्रति इतना बड़ा बैर कर सकता है, यह कभी उसकी कल्पना में न आया था। उनके लिए गाँव-भर के द्वार बन्द हैं। कोई उससे प्रीतिपूर्वक नहीं बोलता। गाँव के कुँओं में उसका पानी भरना बन्द है। नाई, धोबी, कहार, कोई अब उसकी प्रजा नहीं, उसका काम नहीं करते। उसके दाढ़ी-मूँछें नहीं, बाल हैं; शहर जाकर बनवाता है। छुट्टियों में केवल रास्ता और घर; केवल माँ का मुख देखने के लिए आता है। माँ की इच्छा रामपुर रहने की नहीं, पर लाचारी है; और कहीं जगह नहीं। भाई प्रसिद्ध विद्वान हैं; पर कहीं किसी ने जगह नहीं दी। अब वह...। बालक सोच भी नहीं सकता कि उसका भाई चमार का काम करता है, और इस कमाई से उसने रुपए भेजे हैं। केवल भाई के ओजस्वी शब्द, निर्जीव पत्र में भी आग के अक्षरों से लिखे हुए जैसे, उसे धैर्य और शक्ति देते हैं, वह चुपचाप प्रहार सहता जा रहा है। उसकी माँ का स्नेह उसे शान्त करता है। उसकी माँ, जिसने कभी पानी नहीं भरा, दूर खेत के कुएँ से पानी लाती है। इस प्रकार साँसत में पड़े बालक को आज गाँव की सबसे बड़ी शक्ति से स्नेह मिला। खाता हुआ सोचने लगा, 'क्या ये मेरा बाग बेदखल कर सकती हैं ? क्या इन्होंने मेरे खेत छीन लेने की सलाह दी होगी ? मेरे खेत जुतवाने के लिए आयी हैं ?' आप-ही-आप एक-दूसरे मन ने उत्तर दिया, 'नहीं, यह सब सुरेश बाबू का चलाया चक्र है, ये ऐसा नहीं कर सकतीं।'

रामचन्द्र के भोजन कर चुकने के बाद दासी ने हाथ धुला दिए। एक दूसरी कुर्सी पर निरू बैठी थी। नीली कुर्सी का पिछला हिस्सा पकड़े हुए खड़ी हुई।

"राजा रामचन्द्र, पढ़ते हो ?" निरू ने पूछा।

"जी हाँ।" लड़के ने सम्मान के स्वर में कहा।

"किस क्लास में हो ?"

"जी, एइट्थ में।"

"अच्छा ! हाँ, राजा रामचन्द्र को कम उम्र में ज्यादा अक्ल होनी ठीक भी है।"

बालक मुस्कुराया।

"अच्छा, रामचन्द्रजी, तुम्हारे और भाई कहाँ हैं ?"

बालक फिर मुस्कुराया, बोला, "दादा लखनऊ में हैं।"

"नाम ?"

"डॉक्टर कृष्णकुमार।"

निरू हँसी, "उलट गया, राजा रामचन्द्र के तो छोटे भाई को कृष्णकुमार होना था।"

नीली भी हँसी।

बालक लजाकर झुक गया। तब तक फिर स्नेह से देखती हुई निरू ने पूछा, "आपके छोटे भाई साहब वहाँ क्या करते हैं ?"

बालक मर्म की बात कह न सका। निरू से आँखें मिलाकर हँसता रहा।

"जानती हूँ," निरू बोली, "मेरे यहाँ भी आए थे।"

बालक और खिल गया। फिर अपनी ही प्रेरणा से उठकर खड़ा हो गया और हाथ जोड़कर प्रणाम कर बोला, "दीदी, चलता हूँ।"

निरू को किसी ने गुदगुदा दिया। उठकर जल्दी से बढ़कर, लड़के को पकड़कर, एक अननुभूत स्पर्शसुख अनुभव करती हुई, खींचकर बोली, "अभी तो आप आए, बातचीत जम भी न पाई कि चलने लगे। बैठिए।"

बालक बैठ गया।

"हाँ, तो आपके भाई साहब डॉक्टर कृष्णकुमार क्या करते हैं ?" अबकी गम्भीर होकर पूछा, नीली रामचन्द्र को देखकर मुस्कुराती रही।

"मैं नहीं जानता।" कुछ रुखाई से, सर झुकाए हुए बालक मुस्कुराता रहा।

फिर प्रश्न हुआ, "किस विषय के डॉक्टर हैं—होमियोपैथी के ?"

"अंग्रेजी के।" लड़के ने उसी तरह मधुर स्वर से उत्तर दिया।

"अंग्रेजी के डॉक्टर जो चीर-फाड़ करते हैं ?" निरू प्रीति से देखती रही।

"चीर-फाड़वाले डी.लिट्. होते हैं ?" कुछ तीव्र स्वर से लड़के ने कहा।

निरू को तीव्रता में माधुर्य मिला।

"तो आप इसी तरह के डी.लिट्. होंगे, क्यों ?" स्वर में कुमार का ध्यान करती हुई बोली।

"अभी तो मुझे बहुत पढ़ना है।"

प्रसन्न होकर पूछा, "आपका खर्च आपके भाई साहब देते हैं ?"

"अब लिखा है कि देंगे। अभी तक माँ चलाती थीं।"

"आप अपनी अम्मा को माँ कहते हैं ?"

"जी, कलकत्ते में हम लोग पैदा हुए थे।"

निरू सोचती रही; फिर पूछा, "तुम्हारी माँ बँगला समझती हैं ?"

"हाँ, वे पढ़-लिख भी लेती हैं।"

"दीदी," नीली बोली, "मैं भी वहाँ गई थी, मुझे हिन्दुस्तानी मिठाई दी। बड़ी अच्छी बँगला बोलती हैं। मुझसे कहा, 'तुम अपनी दीदी को नहीं ले आई हो, उनसे मेरा निमन्त्रण कहना।' "

निरुपमा ने न जाने क्या सोचकर पलकें मूँद लीं। कुछ देर बाद पूछा, "कितना खर्च लगता है ?"

"अभी तो केवल पन्द्रह रुपये में चल जाता है।"

"आपको बीस रुपये महीने के पहले सप्ताह में मिल जाया करेंगे। फिर बढ़ा दिया जाएगा, ज्यों-ज्यों आप बढ़ते जाएँगे।"

"लेकिन दादा..." बालक संकुचित होकर न कह सका।

"दादा क्या कहेंगे ?" निरू ने डाँट दिया।

खेत से सिपाही खबर लेकर आया तो दासी ने कहा, "दादा बुलाते हैं, खेत बोआया जा रहा है, देखने के लिए।"

"अपनी माँ से मेरा प्रणाम कहना," उठती हुई निरू बोली, "और कहना, मैं कल उनके दर्शन करूँगी।"

बालक चलता हुआ अपने खेत के बोआए जाने की बात सोचता रहा।

ग्यारह

जूते पहनकर नीली को लेकर निरुपमा चली। बाहर निकलकर गली के घरों को पार करने लगी तो काम करती हुई किसानों की स्त्रियाँ आकर जमा हो गईं और चारों ओर से घेर लिया। स्नेह से उच्छ्वसित होकर उन्हीं में से एक वृद्धा ने कहा, "हमारी तो भाग फूट गई, बिटिया रानी; मालिक हमें छोड़कर चले गए। किसानों को लड़के से बढ़कर मानते थे, कभी नजर नहीं ली, लगान नहीं बन पड़ा—खेत में नहीं पैदा हुआ तो घर से दिया है, किसी पर दूब की छड़ी नहीं उठाई, कभी डाँड़ नहीं लिया।"

"चल, हट, राह छोड़," सिपाही ने आगे बढ़कर डाँटा।

"रहने दो," शान्त खड़ी हुई निरुपमा बोली।

"रत्ती-रत्ती जिउ देने से एक साथ मर जाना अच्छा," बुढ़िया ने आवेश में आकर कहा। हटाई हुई काई की तरह स्त्रियाँ फिर सिमट आईं। "यह देखो, यह देखो," बुढ़िया एक-एक स्त्री की कोंछी की धोती फैलाकर दिखाती हुई, "किसी तरह लाज बचाए है, आसाढ़ का महीना है, अनाज नहीं रहा; छः-छः रुपएवाले खेत के तीन साल में अठारह-अठारह रुपए पड़ने लगे। डेढ़ी का अनाज तुम ही से लें, नजर नियाद ऊपर से। कहाँ तक दें ? खेत न

जोतें तो नहीं बनता, पापी पेट !'' कहनेवाली वृद्धा रोने लगी; और-और युवती-प्रौढ़ा किसान नारियाँ भी नीरव अश्रुपात करने लगीं। निरू की भी आँखें छलछला आईं। नीली हैरान होकर दोनों ओर देख रही थी। तब तक उन्हीं में से सँभली हुई एक ने कहा, ''देखो, रो रही हैं, अभी ये यह सब क्या जानें !''

रोती हुई बुढ़िया बोली, ''तुम्हारा गुलाम मलिकवा नहीं रहा !''

''चुप रह बुढ़िया, बहुत न बढ़।'' सिपाही ने डाँटा।

''क्यों, क्या हुआ ?'' सिपाही की तरफ कुटिल भ्रूक्षेप कर रुँघते गले को सँभालकर निरू ने पूछा।

अभय पाते ही उच्छ्वसित होकर रोती हुई आवेग से रुकते कंठ की बाधा न मानकर बुढ़िया कहने लगी, ''किसुनकुमार के खेत मलिकवा बँटाई जोते था। तब खेत बेदखल न हुए थे। गाँववाले किसुन से नाराज थे--किसुन बिलायत गए थे पढ़ने। मलिकवा से बोले--किसुन के खेत छोड़ दे; मलिकवा इनकार कर गया। फिर गाँववाले मालिक से मिले। एक दिन डेरे में मालिक बुलाकर छोड़ने को कहते रहे कि गाँववालों का साथ दे। मलिकवा कुछ न बोला। फिर अँधेरे में कुछ जन खेत में पकड़कर अकेला जानकर...'' बुढ़िया वहीं पछाड़ खाकर गिर पड़ी।

निरू सन्न हो गई। सिपाही से पूछा, ''फिर क्या हुआ उसका ?''

मुस्कुराकर सिपाही बोला, ''यह पक्की बदमाश है। मलिकवा को मिरगी आती थी। रात को गड़ही में डूब गया था, सुबह को उसकी लाश मिली, थानेदार आए, उन्होंने भी यही माना; पर यह शैतान की खाला वहाँ भी आँय-बाँय बकती रही; रात को छाँह देखकर--'आ गए' कहकर चिल्लाती है !''

कृषक नारियों ने क्रूर दृष्टि से सिपाही को देखा और बुढ़िया को आँचल से हवा करने लगीं, एक पानी लेने गई। निरू इस आशा से खड़ी रही कि वे बुढ़िया के इस प्रसंग पर कुछ कहें, पर वे न बोलीं; केवल कटाक्ष पढ़कर निरू खड़ी रही। सिपाही ने चलने को कहते हुए कहा कि देहात के ऐसे मामले हैं, आगे मालिक से इसका ठीक-ठीक पता चलेगा। बुढ़िया होश में आ रही थी।

निरू धीरे-धीरे खेत की ओर चली। सिपाही से पूछा, ''मलिकवा बुढ़िया का लड़का था ?''

''जी हाँ।'' जैसे कुछ लाना भूल गया, सोचकर सिपाही लौटा, ''वे बाबू खड़े हैं। मेड़-मेड़ जाइए !''

द्वार पर द्वारिका नाई बैठा था। बुलाकर सिपाही ने कुर्सी ले चलने के लिए कहा। द्वारिका मुँह बिगाड़कर उठे और पीछे-पीछे कुर्सी लेकर चले।

कुमार के बेदखल किए बाग के एक आम के नीचे सुरेश कुर्सी पर बैठे थे। निरू धीरे-धीरे मेड़ों के ऊपर से चलती हुई गई। आगे-आगे नीली। तब तक सिपाही भी आ गया। खेतों में द्वारिका कुर्सी लेकर दौड़े। बाग की खाई पार करते हुए पैर फिसल जाने पर, गिर पड़े। नीली खिलखिलाकर हँसने लगी। कुर्सी का एक पाया टूट गया। सिपाही मारने दौड़ा, निरू ने रोक दिया। सिपाही सुरेश की ओर देखकर रह गया। सुरेश द्वारिका को घूरते रहे। फिर सिपाही से कहा, "इसे रखवाकर दूसरी कुर्सी ले आओ।"

द्वारिका को लेकर सिपाही फिर लौटा।

गुरुदीन तिवारी, सीतल पाठक, मन्नी सुकुल, ललई मिसिर, कामता दुबे आदि मुख्य सब-के-सब जन जोत रहे थे। सुरेश के गाँव आने पर शिष्टाचार करने गए थे, हली के लिए पकड़ लिए गए। कुछ और भी किसान थे। जमींदार के खेत पहले बोए जाते हैं, कायदा है; बुलाने पर लोग चले गए थे।

कुर्सी आ गई। निरू खड़ी हुई कभी जनेऊ देखती थी, कभी जनेऊवालों की हल चलाने की निपुणता। हँस नहीं रही थी; पर हँसी की हलकी रेखा होंठों पर खिंची थी। इसी समय खेत के उस तरफ कुएँ के पास एक स्त्री आती हुई देख पड़ी– स्वस्थ, प्रौढ़। घूँघट से केवल ललाट ढँका हुआ। नीली पहचानकर आनन्द से उच्छ्वसित होकर बोली, "कुमार बाबू की माँ।"

सुरेश वहीं थे। "कुमार बाबू की...।" डाँट के स्वर से कहकर नीली को दबा दिया। निरू ने एक दफा बगल की ओर मुँह कर भाई को देखा। इसी समय जोतते हुए हलवाह खेत के इस तरफ चले। गुरुदीन के साथ सबने बैल खड़े कर दिए और बाग की तरफ चले। और जातिवाले खाई के पास छाँह में बैठ गए। ब्रह्ममण्डली बाग के भीतर, सुरेश बाबू के पास, आई।

"मालिक, तीन बाह हो गए। जुवार के लिए अब और भी जुताइएगा ?" गुरुदीन कृपाकांक्षा की दृष्टि से देखते हुए बोले।

"रहने दो; बो जाए तो एक बाह करके पाटा दे दो," सुरेश ने कहा।

"मालिक," सीतल बोले, "गाँव में पानी नहीं भरने दिया जाता, अब कौन बेधरम हो ? यहाँ आती है।"

समझकर भी निरू ने जैसे न समझा हो, "क्या बात है ?" सुरेश से पूछा।

"कुछ नहीं, यह सब जानकर क्या होगा, जहाँ की जैसी रीति।" उसी तरह बँगला में बोले।

निरू चुप हो गई।

"अगर यह खेत सीर बनाया जाएगा तो कुआँ सरकारी होगा। हार में लोग आते हैं, दुपहर को लोग प्यासे भी होते हैं, अगर इनका पानी भरना जारी रहा तो लोग क्या बरगद दुह-दुहकर पिएँगे ? और किसी कुएँ का पानी नहीं अच्छा।" गुरुदीन ने कहा।

"न गाँववाले इनके काम के हैं, न ये गाँववालों के काम के; व्यर्थ दूसरे का सगुन बिगाड़ती हैं।" मन्नी ने कहा।

निरू के हृदय की गति तेज हो गई। नीली सूखकर जैसे गाँववालों को देखने लगी।

"तुम बातचीत करो, उनका और तो कुछ यहाँ है नहीं—घर घर है, वे बेचते हों तो ले लें।" सुरेश ने तटस्थ समझदार की तरह कहा।

निरुपमा ने स्फारित आँखों से एक बार सुरेश को देखा, जैसे खासतौर से यह रूप देख लेने, इससे परिचित हो जाने की इच्छा हुई हो। यह वह सुरेश नहीं, जिसके प्रति उसकी श्रद्धा है।

"बाग यह बंजर था ही; सरकार में आ गया; खेत सरकारी ही थे; अब घर घर है।" सिपाही ने उद्‌दण्ड स्वर से उसी लकीर पर जबान फेरी और लाठी का गूला एक दफा जोर से दे मारा और सहारा लिया।

यह समस्त सम्प्रदाय निरू की दृष्टि में छाया-रूप से चक्कर काटने लगा, जैसे स्वार्थ पर चाटुकारिता उसे ग्रस्त करना चाहती है। हृदय के बल और विश्वास के साथ वह उभरी। पर फिर वहाँ की प्रकृति उसे दबाने लगी। उसी समय दृष्टि उस महिला के मुख से जाकर लिपट गई। वे पानी भर चुकी थीं। उबहनी फँदिया रही थीं।

अपना काम कर, चलने से पहले उन्होंने फिर निरू को देखा। दूर होने पर भी दोनों की दृष्टि स्पष्ट रूप से एक-दूसरी की आँखों में चुभ गई। इधर मूर्तिमती नवीन प्रीति थी, उधर संसार की क्रूरता को सहनेवाली करुणा। महिला ने विलम्ब न कर कन्धे पर उबहनी डालकर दोनों घड़े एक-एक कर उठा लिए। निरू ने आँखें झुका लीं। श्रद्धा से नत हो जैसे प्रणाम किया।

इसी समय गुरुदीन बोले, "मालिक, कहो तो कह दें, सरकारी कुएँ में पानी भरने न आया करे, अब कुआँ उसके..."

"अहमक है क्या ? अपना काम क्यों नहीं देखता ?" सुरेश ने डाँटा।

निरू प्रसन्न होकर हिली। नीली गोद के सहारे थी। खड़ी होकर गुरुदीन को देखने लगी।

गुरुदीन गऊ हो गए। बोले, ''मालिक, खेत तो तैयार है, अब बोने का हुक्म हो तो काम जारी किया जाए।''

स्नेह-स्वर से सुरेश बोले, ''हम जमींदार हैं तो किसी को उजाड़ने के लिए नहीं। जो सरकार के राज्य में है, वह किसी गाँव में बसा हुआ हो, उसका पानी नहीं बन्द कर सकता कोई। वह मुसलमान हो जाए तो उसी कुएँ में भर सकता है या नहीं पानी ?''

''भरते ही हैं, मालिक।'' मन्नी ने जोर देते हुए कहा और बाग छोड़कर खेत की तरफ चला, अपने गमछे की झोली में बीज लेकर—अरहर, ज्वार, तिल्ली मिले हुए।

यद्यपि बातचीत से सबकुछ निरुपमा की समझ में आ गया था, फिर भी अब परिस्थिति शान्त हो जाने पर और अच्छी तरह समझ लेने के लिए सुरेश से पूछा, ''दादा, यहाँ के खेत बाबा के समय तो सीर में न थे ?''

''नहीं,'' सुरेश गम्भीर होकर बोले, ''इसका गिरिजाशंकर के नाम पट्टा था। वे दो-तीन पुश्त से इसके काश्तकार हैं। इसलिए बहुत कम लगान उन्हें पड़ता था। वे भी खुद न करते थे। कलकत्ते में रहते थे। फिर शहर में रहने के विचार से कानपुर में अड्डा जमाया था। उनके न रहने पर, उनकी स्त्री बटाई में दिया करती थी। पर बटाई के खेत की हैसियत बिगड़ जाती है। इसलिए हमें बेदखल कराना पड़ा।''

विषय को समझकर निरू ने पूछा, ''यह बाग किसका है ?''

''यह भी गिरिजाशंकर का है। पर उनके यहाँ न रहने से इसकी भी हैसियत बाग की नहीं रह गई। बहुत-से पेड़ सूख गए, नए लगवाए नहीं गए। अब इसकी बाग की हैसियत नहीं रही। ऐसी जगह जमींदार की होती है। हमने दावा कर इसे भी अपने कब्जे में कर लिया है,'' कहकर सुरेश कुर्सी से उठे और खेत की तरफ बढ़े।

इसी समय निरुपमा की दासी घर के कार्यों से निवृत्त होकर स्नान आदि के लिए उसे ले जाने आई। उठकर नीली को लेकर निरुपमा घर की ओर चली।

बारह

भोजन के पश्चात आराम करते हुए सुरेश ने नीली को बुलाया। गाँव की हवा में नीली लहर की तरह मुक्त हो रही थी। लिखने-पढ़ने का कोई दुःख न था। भाई के सामने प्रसन्न मुख आकर खड़ी हुई। सुरेश बँगला उपन्यास की किताब बगल में रखकर प्रसन्नता से देखते हुए बोले, "गाँववाले बड़े बदमाश हैं ?"

नीली के हृदय की बात थी। भाई से सहयोग करने के लिए खुलकर बोली, "हाँ।"

"लेकिन तीन आदमी बड़े अच्छे हैं—रामचन्द्र की माँ, रामचन्द्र और मलिकवा की माँ।" सुरेश गम्भीर होकर बोले।

"हाँ।" पूरी प्रसन्नता से नीली ने कहा, "मैं सुबह रामचन्द्र के घर गई थी, उसकी माँ ने मुझे जलपान कराया।"

"क्या खिलाया ?" सुरेश ने पान निकालकर खाया।

"पीठे, उनके भीतर खोया, मेवा और चीनी थी।"

"उन्होंने तेरे लिए बना रखे होंगे, जब उन्हें मालूम हुआ होगा कि हम लोगों के साथ तू भी आ रही है। पहले से चिट्ठी लिखी थी न हमने सवारी

ले आने के लिए।''

''हाँ, दादा,''—नीली हवा की तरह निर्विरोध बहती हुई जैसे बोली, ''रामचन्द्र को फिर मुझे छोड़ आने के लिए साथ भेजा, और दीदी को कल बुलाया है।''

सुरेश और गम्भीर हो गए, पर चेहरे से मुस्कुराते रहे। पूछा, ''तू अकेली चली गई ?''

''हाँ, रास्ते में एक आदमी नहाकर लौट रहा था, मैं मकान के पास ही थी, पूछा, उसने बता दिया।''

सुरेश समझ गए कि इसने कृष्णकुमार बाबू का मकान पूछा होगा। पूछा, ''तू जब बाहर निकली तब तेरी दीदी थी ?''

''हाँ, आज उन्हीं ने तो कपड़े पहनाए।''

सुरेश समझ गए। वे बहुत पहले से सजग थे। यामिनी बाबू नीली की बातें सुरेश से कह चुके थे। उन्हें अनेक बार निरू का वह मुख, वह दृष्टि याद आ चुकी थी, जो कुमार के परिचय के समय मकान में उन्होंने देखी थी। शंका हो जाने पर सफेद भी सियाह दिखता है। फिर निरू ने अपनी तरफ से भी शंका को सत्य-रूप देने के कार्य किए थे। लखनऊ में, कुछ दिनों बाद जब यामिनी बाबू रुपये लेने की तैयारी करके आए तो निरू टाल गई, कहा कि मामा से कर्ज लेते उसे लज्जा आती है, सुरेश की शंका को सत्य का आभास मिला। कुछ दिनों बाद बहुत समझाकर जब फिर उससे कहा गया और उसने जवाब दिया कि मामा का सहृदय रूप ही उसकी आँखों में है, वहाँ उनका वैषयिक रूप रखकर वह दृष्टि को कलंकित नहीं करना चाहती, तब सुरेश को सत्य की सत्ता कुछ प्रत्यक्ष दिखने लगी। फिर कुछ दिन बाद ज्यादा दबाव पड़ने पर उसने जब नीली से कहला भेजा कि कहो, दीदी कहती है, अभी समय है। मुमकिन है, तब तक यामिनी बाबू के पास रुपए आ जाएँ, अभी से रुपए लेकर वे खर्च कर डालेंगे तो मुझे फिर कर्ज लेना पड़ेगा, सुरेश सुने हुए कथन का सत्य रूप देखने लगे। निरू के गाँव चलने की बात इस संशय को सत्य में बदलने की आधार-भूमि थी—इसी पर कर्ज न लेने पर हुई शंका की मूर्ति सत्य के रूप से प्रतिष्ठित हुई। उन्होंने पिता से कहा। अनुभवी पिता ने इसे नई उम्र की तरंग कहकर, विशेष महत्त्व न देते हुए ऐसा युवक-युवती मात्र के जीवन में होता है समझाकर, सावधानी से उद्‌देश्य की सिद्धि की सलाह दी और निरू का गाँव जाना न रोका। आज दुपहर को खेत से लौटने पर गाँववालों ने जब सुरेश को समझाया कि गाँव

से छुटे हुए से मालिकों का मेल है—सुबह छोटी बिट्टी किसुन के घर गई थी और रामचन्द्र मालिकों के यहाँ आया था, तब सुरेश को सत्य की वह मूर्ति हिलती-डुलती दिख पड़ी। पर पिता की सलाह के अनुसार उद्देश्य की सिद्धि के लिए सावधानी न छोड़ी।

वैसे ही गम्भीर, पर उससे अधिक स्नेह करके उन्होंने कहा, "तुम लोग दूसरे की खातिर करना नहीं जानतीं। उन्होंने तेरी खातिर की; पर रामचन्द्र को तुम लोगों ने खदेड़ दिया होगा ?"

"नहीं।" नीली हँसकर बोली, "लखनऊ से हम लोग जो मिठाई ले आए थे, दीदी ने उसे खाने को दी तो।"

"हाँ," सुरेश ने कहा, "तब तो अच्छा किया। कुछ मीठी बातचीत भी की या गाल फुलाए बैठी ही रही ?"

"दीदी देर तक उससे बातें करती रही, क्या पढ़ते हो, कैसे खर्च चलता है। फिर उसे बीस रुपया महीना खर्च देने के लिए कहा। उसने अपने दादा की आड़ ली; पर सब कह भी न पाया था कि दीदी ने डाँट दिया।"

सुरेश के मुख पर अधीरता स्पष्ट हो आई। पर जब्त कर गए। पूछा, "और मलिकवा की माँ क्या कहती थी ?"

"वे सब मलिकवा के मरने की बातें थीं, मैं अच्छी तरह नहीं समझी।"

इसी समय, पूछने के लिए कि उपन्यास समाप्त हो चुका हो तो ले जाए, निरुपमा कमरे में आई।

सुरेश ने स्नेह-कंठ से कहा, "निरू, तुम्हें शायद पता नहीं, रामचन्द्र को गाँववाले छोड़े हुए हैं। हमको रहना तो गाँववालों के साथ है।"

"तो क्या गाँववालों की मूर्खता के साथ भी रहना है ?" मधुर मन्द स्वर में निरू ने कहा।

"नहीं, फिर भी अधिक संख्यक लोगों का खयाल होना जरूरी है जमींदार के लिए। सरकार भी संख्या का विचार रखती है।"

"पर जबरदस्त कमजोर पर हमला न करे, इसका भी खयाल सरकार रखती है और जमींदार को रखना चाहिए।" निरू सामने की कुर्सी पर बैठकर सरल ओजस्वी स्वर से बोली।

"तुम ठीक कहती हो। पर हम अगर कोई उपकार करें मान लो तो हमें इसका विचार रखना चाहिए कि गाँव में जिसका हम उपकार कर रहे हैं, उससे भी गिरी दशावाले हैं या नहीं; अगर हैं तो वह उपकार उपकार न होकर कुछ दिनों में जमींदार के लिए अपकार सिद्ध हो सकता है।"

चोट खाकर निरू चुप हो गई। सुरेश की वक्तृता का वेग बढ़ा, ''तुम तो जानती नहीं। जमींदारी दरअसल एक पाप है। फूफाजी कर गए हैं, हम भुगत रहे हैं। कभी इस पर, कभी उस पर मुकदमा लगा रहता है। अधिक आदमियों का गिरोह न देखें, तो हमारी गवाही कौन दे ! गाँव भर मिल जाएँ तो जमींदार जमींदार न रह जाए ! सब मिलकर बात-की-बात में उसे पीट लें। इसलिए बड़ी समझ से काम लेना पड़ता है।''

निरू चुप हो रही। मन में सुरेश की युक्तियाँ बैठती गईं। सुरेश कहते गए, ''अब तुम्हारे आने की खुशी में यहाँ ब्राह्मणों को भोज देना है; पाँच-छः दिन के अन्दर-अन्दर करने का विचार है। कह दिया है कि बड़ी अच्छी सगाई है, चूँकि यहाँ से विवाह नहीं हो रहा, इसलिए इसे तिलक का भोज समझो। बहन, दुनिया बड़ी टेढ़ी है। गाँववालों को मिलाकर रहना पड़ता है। अपने से बड़े की बात मानकर चलो तो सारे देवता प्रसन्न होते हैं। कहा भी है—इस समय याद नहीं आ रहा।''

''पितरि प्रीतिमापन्ने प्रीयन्ते सर्वदेवताः,'' कहकर बड़े कष्ट से निरू ने हँसी को दबाया।

सुरेश संस्कृत के किनारे से न गुजरे थे, गम्भीर होकर बोले, ''हाँ, यह सब युगों तक तपस्या करके सोचकर ऋषियों ने लिखा है। इसके अनुसार हम चलें, तब न हमें इसका फल मिले ?''

निरुपमा कुछ देर साँस तक रोके बैठी रही। सोचा, यह स्नेह का फन्दा है। मन-ही-मन ऊपर उड़ती हुई, इस पाश को पार कर जाना चाहा, पर सब जगह इससे अपने को बँधी हुई देखा। कुमार को चाहती है, पर वह पहुँच से बाहर है। समर्थ मन बराबर पहुँच से बाहर की चीज लड़कर भी लेना चाहता है, वह मानसिक समर करती है, पर अपनी संस्कृति से आप परास्त हो जाती है। मामा, भाई आदि के प्रति हुए स्नेह और संस्कारों के मायाजाल में बँधकर नहीं बढ़ पाती। कुमार भी हर तरह उसकी पहुँच से बाहर है। अन्त में पहले की तरह निश्चय बँध गया, एक साँस छोड़कर यथार्थ ही कमजोर होकर समझी, मेरे लिए यामिनी ही है, सुबह का कुमार नहीं।

''बात यह है,'' सुरेश बाबू निरू का मतलब दूर तक लगाते हुए बोले, ''हम अकारण दूसरे के लिए क्यों सरदर्द लें ? अपनी दवा कर लेंगे। संसार ऐसा ही है।''

निरू गम्भीर होकर उठकर चल दी।

सुरेश देखते रहे। फिर नीली से कहा, ''नील, अपनी दीदी से कह दे

कि दादा ने जब सुना कि रामचन्द्र के लिए निरू ने बीस रुपया वजीफा बाँध दिया है तब कहनेवाले से कहा कि जो दान दिया जा चुका है, वह वापस नहीं लिया जा सकता, अब आगे से ऐसा न होगा। और कृष्ण की माँ ने बुलाया है तो जाना चाहिए, अहा ! बेचारी को गाँववाले कितना सताते हैं, आज कुएँ से पानी भरना भी बन्द करवा रहे थे, तेरे सामने ही डाँटा था न मैंने गुरुदीन को ?''

नीली खुश होकर चली तो बुलाकर पूछा, ''पान तो हैं न काफी ? नहीं तो आदमी भेजकर बाजार से मँगा लिए जाएँ, अभी समय है। आज शायद गाँव की औरतें निरू से मिलने आएँगी।''

तेरह

शाम चार बजे से निरू को देखने के लिए गाँव की स्त्रियों का आना शुरू हुआ। एक बड़े कमरे में दरी और चादर बिछा दी गई थी, स्त्रियाँ आ-आकर बैठने लगीं। सब सिर से पैरों तक भारी भूषणों से लदी, जैसे सांस्कृतिक स्वच्छता ने हलकेपन की जगह–जिससे हाथ-पैर जल्द उठते हैं, हृदय में स्फूर्ति आती है, मन प्रसन्न रहता है–दैन्य के चिह्नस्वरूप भूषणों का भार चढ़ रहा हो और यह भार का आधिक्य ही प्रसन्नता का कारण बन रहा हो। उचित आसन पर नीली को लिए हुए निरू बैठी थी। समागत देवियों को सम्मान के साथ दासी बैठा रही थी। निरू शान्त भाव से बैठी हुई बैठने के लिए इंगित कर देती थी। घंटे-भर में जगह भर गई। पान-इलायची आदि सम्मान के विधि-विधान चलते रहे।

उनमें से पुरानी अधिकांश देवियाँ निरू को देख चुकी थीं, पहचानती थीं। निरू भी यह पहचानती थी, पर कुछ के मुख याद आए, कुछेक भूल गए थे। वे अपने बड़े नथ का छोटा लटकन घुमाकर, मुस्कुराकर कहती हुई निरू के सम्बन्ध की विशेष बात याद दिला देती थीं, याद आने पर निरू परिचय की प्रसन्नता से स्फीत हो उठती थी, न आने पर सहज कंठ से कह

देती थी—मैं भूल गई। उसके समय की लड़कियों में कोई न थी, सब अपनी-अपनी ससुराल में थीं, जिन्हें निरू कुछ अच्छी तरह पहचानती थी, सिर्फ रामरानी थी, वह सबसे पहले आई हुई थी और निरू ने बिलकुल पास बैठाला था; रह-रहकर उसके लड़के का गाल खोद देती थी स्नेह की दृष्टि से देखती हुई। उसी से उसने पहचान की लड़कियों के समाचार मालूम किए। सबकी विशेषता उनके लड़कों से सूचित हुई। भागभरी सबसे आगे ठहरी। उसके तीन लड़के हैं और सब राम की इच्छा से जीते हुए।

जिस तरह यह प्रसंग निरू के लिए मनोरंजक था, उसी तरह निरू के उतनी बड़ी स्त्री रूप में बदल जाने पर भी विवाह न होना स्त्रियों के लिए। निरू उनके चाँदी के गहने देख-देखकर मन-ही-मन हँस रही थी, वे निरू का पोर-पोर ताड़ रही थीं और सोचकर भी थाह न पा रही थीं कि आगे भी निरू को ब्याह करने की क्या आवश्यकता हो सकती है। मन-ही-मन उसकी उम्र का हिसाब भी तरह-तरह का लगा, स्त्रियों को यह महीनों तक के निर्णय करने का विषय मिल गया।

साथ-साथ बातचीत भी चल रही थी। पहले निरू के लिए करुण रस का स्रोत बहा। वह जब गई थी, उसके माँ-बाप साथ थे। इस बार वह अकेली है। उसके भाई जमींदारी सँभाले हैं। भगवान की करनी अकथ है। बस, क्षण में चाहे जो करें। फिर गाँव की बातचीत उठी। गाँव की बातचीत का मुख्य विषय कृष्णकुमार का घर था। औरों पर चल नहीं सकती। क्योंकि प्रायः वे सब मौजूद थीं। निरू का हृदय धड़का जब रामलाल की अम्मा ने लम्बी साँस छोड़ी और रामदीन की काकी ने ललाट पीटकर समझा दिया कि सब यहीं का लिखा होता है।

बेनी बाजपेई की स्त्री गम्भीर होकर बोलीं, "सपूत ने पचास रुपए का मनीऑर्डर भेजा है।" फिर दोष की भावना से भ्रू कुंजित कर रह गई।

गुरुदीन की स्त्री ने कहा, "तुम्हारे बाजपेई तो कहते थे कि..."

"भाई हमारे, उनको बदनाम न करो।" बेनी की स्त्री आँखें फाड़ तरेरकर बोली, "फलाने क्यों कहते हैं, संसार कहता है।"

"संसार कहता होगा, गाँव में तो उन्होंने कहा है।" गुरुदीन की स्त्री विश्वास पर प्रमाण कर जोर देकर बेनी की स्त्री की त्योरियों की परवा न करती हुई बोलीं।

"तो तुझी से कहा होगा ?" स्वर चढ़ाकर भाव में बँधकर बेनी की वीणा झंकृत हुई, "मुझसे कहे, किसी की मजाल है ?—मूँछें न उखाड़ ली

जाएँगी ?" गुरुदीन की सरस्वती ने अपने काव्य की एक पंक्ति सुनाई।

निरू घबराई। बात क्या है, अभी तक इसी का फैसला नहीं हुआ, और स्त्रियाँ समझदार की तरह बैठी रहीं। उनके लिए ये सब बातें अभी ध्यान देने योग्य थीं ही नहीं। निरू ने विनयपूर्वक बेनी की स्त्री से पूछा, "क्या बात है ?"

"कुछ नहीं, किसुनकुमार लखनऊ में जूता गाँठते हैं, खबर फैली है। यह कहती है मेरे उनके लिए, कि उनकी फैलाई बात है ! जिनके यहाँ हम (क्रिया विशेष का उल्लेख कर कहा) पानी नहीं लेते..."

निरू की दृष्टि में प्रलय की सम्भावना खुल रही थी। घबराकर कहा, "तो इसमें क्या हुआ ? यह तो सच है। जूता पालिश तो वे करते हैं। मेरे यहाँ भी आए थे।"

"अब बोल," बेनी की स्त्री ने गुरुदीन की स्त्री को ललकारा।

"बोलूँगी तो रोते न बनेगा।"

"भई, ऐसी बातें न करो।" निरू क्षुब्ध हो उठी।

मातादीन की माँ उम्र में सबसे बड़ी थीं। कहा, "दोष किसी का नहीं, अब चुप हो जा। एक गाँव का रहना—आज बैर, कल मेल ! जो कुआँ फाँदेगा, वह आप गिरेगा।"

"उनकी बात ही अब क्या है, गाँव से जब जाएँ। वे कहते हैं, नीघस हैं, नहीं तो आज निकल जाते।" ललई की पत्नी बोलीं।

"पहले कलकत्ता रहे, फिर कानपुर। जब रुपया चुका तब गाँव आए। अभी डेढ़ बरस भी तो नहीं हुआ।" हजारी की अम्मा बोलीं।

"गाँव में किसी से पहले भी मेल न रखती थी।" मन्नी की स्त्री ने कहा।

"परदेस की ठसक थी," सीतल की श्रीमती बोलीं।

"अब सब धो गई। कानपुर के घर, कहते हैं कि बिक गए, उन्हीं के रुपए से रहती थी किराए के मकान में," गुरुदीन की स्त्री ने धार्मिक स्वर में कहा।

"अब यह घर भी बेचें।" बेनी की स्त्री ने सहयोग किया।

"घर घर है ! घर में तो पशु भी नहीं रह सकता।" मातादीन की माँ ने नीति कही।

"रामचन्द्र कहीं कहते थे कि गाँव छोड़ देंगे।" मन्नी की स्त्री ने कहा।

निरू सुनती रही। इन्हें प्रशमित करना और इनकी जान लेना एक ही

मानी रखते हैं, उसने निश्चय किया। चुपचाप बैठी रही। उसके आने के समय रामचन्द्र की माँ न थी, वह समझी। सुरेश ने यद्यपि जाने के लिए कहला भेजा था, फिर भी अब मिलने के लिए जाना उसे आत्म-सम्मान के खिलाफ मालूम देने लगा। बैठी हुई निश्चय करने लगी, क्या करे। नीली ने लौटकर भाई से हुई सब बातें बता दी थीं। निरू भी समझ चुकी थी। बड़ी लाज लगने लगी। रामचन्द्र की माँ स्वयं मिलने न आएँगी, उसने सोचा कि अगर आना होता तो उसे न बुला भेजतीं, और वह न जाएगी तो कितना बुरा होगा !

स्त्रियों के चलने का समय हुआ। शाम हो गई। प्रसन्न मुख निरू उठकर द्वार के पास खड़ी हुई और चलती हुई देवियों को पान देकर नमस्कार करके विदा किया।

चौदह

दूसरे दिन निरू ने कई मर्तबे कुमार के घर जाने की इच्छा की, पर उधर चलते पैर ही न उठे। सुरेश के मन में जो भाव पैदा हो गया है, उससे अधिक लज्जास्पद उसके लिए दूसरा नहीं। जाते हुए जैसे उसकी सम्पूर्ण शोभा चली जाएगी, जिसे लेकर बहन की तरह सिर ऊँचा कर वह सुरेश के सामने खड़ी होती है। निरू अपनी शोभा न छोड़ सकी। वह उसी की रक्षा के सौर-मण्डल में तैयार हुई है; उसकी पहले वह शोभा है, फिर और कुछ; उसके साथ उसका अछेद्य सम्बन्ध है। भाई से जाने के लिए कहने में उसे साफ इनकार के तार बजते हुए सुन पड़े, उन्होंने जैसे उसकी इच्छा का विचार कर वैसा कहा हो। जो कुछ भी हो, निरू के दादा हैं; वह स्नेह में पली है, स्नेह न तोड़ सकी।

साथ ही मनुष्यता का भी विचार आया। कुमार की माँ क्या सोचेंगी ! उन पर जो बर्ताव गाँववाले कर रहे हैं, वह किसी बुद्धिमती द्वारा समर्थन न पा सकेंगे। जमींदार के धर्म का पालन करते हुए उसके दादा ने एक प्रकार कुमार का सर्वस्व हर लिया है, जितने से वे उस गाँव के बाशिन्दा रह सकते, पुनः उनके साथ–उनके जैसे सुधरे हुए विद्वान के साथ विद्याभाव का

सहयोग नहीं किया—एक जमींदार होकर सामाजिक मुआमलों में उनका बाजू नहीं बचाया, बल्कि अपना ही स्वार्थ देखा है (जो वास्तव में निरू का है)। अपने घर तथा समाज की आज्ञा और मर्यादा के अनुसार उसे भी एक प्रकार कुमार के कानपुरवाले मकानों के लिए यामिनी बाबू को कर्ज लेकर रुपया देना होगा, मामा छल करने पर भी छल नहीं कर सकते और यह इतना-सा अर्थ लेकर वह उसका कुछ बिगाड़ नहीं सकते—यह उनके कार्यों का पुरस्कार भी नहीं ठहरता, अस्तु इस प्रकार उसे भी विरोध करना होगा, कुमार को वह मदद नहीं पहुँचा सकती। रामचन्द्र को उसने खर्च देने के लिए कहा है; मुमकिन, अब उसकी माँ खर्च लेना मंजूर न करे। सोचती हुई निरू जब-जब आवेश में आई, चलने को तैयार हुई, पर दूसरे ही क्षण, लौटने पर उसका कैसा भाव होगा, सोचकर लज्जित हो गई। जो निरू कभी-कभी इसके कवल से मुक्ति पाने की सोचती थी, वह दूसरा खाली मकान देखकर भी न जा सकी। वह अपनी ही इच्छा से नहीं जा सकती। लजाकर, मुरझाकर, असभ्य व्यवहार के कारण मन में मरकर रह गई।

नीली की इच्छा जाने की थी। उसने याद दिलाई और कहा कि दादा ने अन्त में जाने की राय दी है पर निरू ने कहा, "जहाँ गाँववाले नहीं जाते, वहाँ मेरा भी जाना ठीक नहीं, पहले मुझे मालूम नहीं था।" इतना कहकर नीली को भी जाने के लिए न कह सकी। नीली ने भी सोचा कि वहाँ उसका जाना ठीक नहीं। ऐसा सिर्फ अपनी पराधीनता का विचार कर सोचा। मन से वह दीदी का विरोध किए रही। कारण, कुमार बाबू की माँ से ज्यादा भली और स्नेहवाली महिला उस गाँव में कोई हैं, यह वह न मान सकी।

उस रोज निरू टहलने न निकली, नीली भी कहीं न गई। सुरेश बाबू पते पर थे कि निरू क्या करती है। उसके न निकलने से खुश होकर बोले, "आज रामचन्द्र की माँ ने तुम्हें बुलाया था, अच्छा हुआ, तुम नहीं गईं। उनके यहाँ जाने पर दूसरी भी तुम्हें बुलातीं और न जाने से अच्छा न होता। जमींदारी करने पर प्रतिष्ठा का विचार रखना पड़ता है। अभी तुम समझतीं नहीं। रामचन्द्र की माँ भी तुम्हारे यहाँ आ सकती हैं, पर वे आवेंगी नहीं। वे इसका विचार रखती हैं। पर न आएँ, तुम बुलाना भी मत, नहीं तो अपमान होगा अगर वे न आईं। हम सिपाही से कहला भेजेंगे कि रामचन्द्र को आज्ञानुसार बीस रुपये महीने भेज देंगे।"

भाई की बात सुनकर निरू ने कुछ न कहा। सुरेश बाहर से गम्भीर और मन से खुश होकर चले गए।

देवी सावित्री ने निरू के लिए अच्छा-अच्छा जलपान, सुबह पाँच बजे उठकर बंगाली पसन्द के अनुसार मुलायम-मुलायम, सूरज खुलते-खुलते बना रखा और स्नेह के हृदय और आदर की दृष्टि से प्रतीक्षा करती रहीं। धीरे-धीरे दस बज गए, ग्यारह बजे, निरू न आई। तब हताश होकर जलपान रामचन्द्र को देकर पहले एक चिट्ठी लिखी, फिर तीसरे पहर भोजन बनाया। रामचन्द्र जलपान कर चिट्ठी डाकखाने छोड़ने गया।

देवी सावित्री के मन में अनेक प्रकार के भाव आए। उन्होंने निरू को स्नेहवश होकर बुलाया था, वह जमींदार की लड़की या स्वयं जमींदार है, यह सोचकर नहीं। पर वह नहीं आई। तो क्या रामचन्द्र के लिए उसने कल जो कुछ कहा है, उसे सहायता देने की जो उदारता दिखाई है, वह इसलिए कि रामचन्द्र एक गरीब विद्यार्थी है और वह उस पर दया करनेवाली उसके गाँव की मालकिन ? क्या इसी दयाभाव के कारण फिर उसके मकान पर आमन्त्रित होकर जाना उसने उचित नहीं समझा ? मुमकिन, उसके भाई ने उसे रोका हो अथवा गाँव की हवा देखकर उसके अनुकूल रहना ही उसने युक्तियुक्त समझा हो, पर उन्होंने केवल स्नेहवश उसे बुलाया था। वे धीर महिला थीं, इधर दुःख का पहाड़ उन पर टूटा था, धैर्य से वे उसे सँभाले हुई थीं, जब तक वह प्राकृतिक नियम से पूर्ववत हट न जाए। कुमार की इच्छा के अनुसार उसे विलायत भेजने के लिए उन्होंने स्वयं पति से आग्रह किया था। धन का मोह छोड़कर मकान रेहन कर देने के लिए कहा था। फिर परिस्थिति के उत्तरोत्तर बिगड़ते रहने से लेकर पति के स्वर्गवास तक का वज्रप्रहार धीरतापूर्वक सहन किया था। पुत्र की भविष्य-आशा में गाँववालों के भी असह्य लांछन नत-मस्तक होकर धारण किए थे। वैसी दीनता में भी मलिकवा की माँ का भरण-पोषण कर रही थीं। कभी पानी नहीं भरा, पर ऐसे अपमान के साथ गाँव से बाहर जाकर पानी भर लाना भी उन्होंने स्वीकार किया। कुमार की इच्छा पूरी हुई, पर वह स्थितिशील नहीं हो रहा, इसका असह्य ताप भी उन्होंने शान्त होकर धारण किया। रामचन्द्र पर इस परिस्थिति का बुरा प्रभाव न पड़े, इसके लिए माँ की तरह उसे पहला ही स्नेह देती रहीं, उसे बराबर गाँव तथा देश की मनोवृत्ति की समुचित धारणा कराती रहीं ! पर अब उनके लिए बरदाश्त से बाहर हो गया। निरू को उन्होंने बुद्धिमती सोचा था और उनकी स्थिति निरू को मालूम होने पर निरू शिक्षित बंगाली बालिका होकर भी उनके प्रति सहानुभूति न रखेगी, यह वे नहीं सोच सकीं। यही उनके लिए बरदाश्त से बाहर हुआ। इसी समय

मलिकवा की माँ आई और कहा कि कल बिटिया बाग गई थीं, उसका दुःख सुनकर चली गईं, कुछ न बोलीं, गाँववाले अब इस उपाय में लगे हैं कि खेतवाले कुएँ से पानी भरना बन्द करा दें और कल गाँव की औरतें डेरे पर बिटिया से मिलने गई थीं, बरमभोज की खबर है ! कुमार की माँ धैर्य से सुनती रहीं।

पन्द्रह

कई रोज हो गए। निरू बाहर नहीं निकली। ज्यों-ज्यों निरू अँधेरे में रहने लगी, सुरेश प्रकाश देखने लगे। अनेक प्रकार के काल्पनिक चित्र आकाश में रंगीन पंख खोलकर उड़ते हुए पक्षियों की तरह सजीव जान पड़ने लगे। सुरेश की पहले की शंका सत्य के आलोक में लीन हो गई।

तीन-चार दिन तक निरू तूफान के समय की नौका-विहारिणी की तरह कूल से बँधी बन्द नाव के भीतर जैसी बैठी रही। वेग कुछ शान्त होने पर, नाव को विहार के उद्‌देश्य पर नहीं, जैसे स्वास्थ्य, शरीर-नियमन, दिनचर्या आदि के विचार से कूल-ही-कूल वाहित करने लगी। सुरेश को बुलाकर उसने कहा, ''चुपचाप बैठे-बैठे मन निष्क्रिय हो रहा है, कुछ अच्छा भी नहीं लग रहा, किताबें थोड़ी ले आई थी, मैं चाहती हूँ—आप जमींदारी का हिसाब मुझे समझा दें।''

निरू का रुख इधर हुआ तो सुरेश का मानसिक विकास कृष्णपक्ष के चन्द्रमा की तरह बहीखाते खोलकर एक-एक बात बताकर समझाते समय, एक-एक कला ह्रास पाने लगा। निरू सुरेश की सच्चाई की परीक्षा न कर रही थी, उस दृष्टि से हिसाब देखने का उसका उद्‌देश्य न था, वह केवल

अपने मर्ज की दवा कर रही थी—उचटते हुए चित्त को एकमुखी करती हुई, पर मरीज सुरेश बाबू उसके प्रश्न से जैसे क्षतस्थान की वेदना का अनुभव करने लगे। मुकदमों के खर्च का ब्यौरेवार हिसाब नहीं, कार्य की अधिकता से उन्होंने एक ही दो अंकों में खर्च लिख दिया है, पन्द्रह रुपये के दावे में पैंतालिस रुपये का खर्च। बौचर नहीं। आमदनी और खर्च का हिसाब देखकर निरू मन-ही-मन असन्तुष्ट हुई। पिता के समय के बहीखाते मँगवाए। सीर की पैदावार आधी रह गई थी। लगान बढ़ गया था। पर फायदा आधा भी नहीं। रकम सिवा की आमदनी पाँच आने रह गई। और जितनी बातों में मुख्तार की सफाई दिखाने की गुंजाइश रहती है, उधर निरू ने ध्यान नहीं दिया। उसके पिता के समय चोरी की कोई बात न थी। वे स्वयं देखते थे और हिसाब साफ रखवाते थे। सुरेश बाबू ने लगान की वृद्धि तो दिखाई, मुकदमों में वृद्धि से अधिक खर्च था। जमींदारी के और बहुत-से हथकंडे थे जो निरू की समझ में नहीं आए। सुरेश कच्ची रसीद देते थे। पन्द्रह के पट्टे पर जबानी पच्चीस तय कर लेते थे। लोगों से बेगार लेकर खर्च का हिसाब जोड़ते थे।...बबूलों की बिक्री में आधी रकम साफ कर जाते थे।

इस प्रकार दो-तीन रोज निरू ने खाता देखते हुए पार किए। सुरेश का स्नेहवाला स्वर मन्द पड़ने पर भी निरू की भक्ति अचल रही। कल ब्रह्मभोज होगा। आज से तैयारियाँ शुरू हो गईं। आटा-घी आदि सुरेश के स्वस्थ क्षणों में आ चुका था। न्यौते फिर चुके थे। लोगों ने सलाह पक्की कर ली थी। एकान्त में पहले बहुतों ने ओजस्वितापूर्वक विरोध किया था, कहा था, सीधा लेंगे, उनके यहाँ जाकर खाना ठीक नहीं, वहाँ औरतें बेलाने जाएँ, यह अपमान की बात है। कुछ लोगों ने कहा, कहा जाए कि गाँववालों की सलाह है कि मालिक कथा सुनें और फिर उसका ब्रह्मभोज किया जाए—कुछ जन दूसरे गाँवों से भी बुला लिए जाएँ। लोगों को बात बहुत पसन्द आई। उन्होंने कहा कि इस तरह दूसरे गाँववाले भी हमारे साथ रहेंगे तो कहने की कोई बात न रहेगी। फिर सुरेश बाबू से ऐसा कहे कौन, यह विचार होता रहा। कहा गया कि मुखिया कहें। पर मुखिया सुरेश बाबू के सरस मुख और अपनी मधुर कथा की कल्पना कर मुकर गए, कहा, "क्या हमारा ही जी भारू है ?"

तब तक किसी ने कहा, "मालिक हमारे गाँव के राजा हैं, राजा में भगवान का अंश रहता है, राजा का धन, उनके घर पर भी ग्रहण करने पर ब्राह्मण को दोख न लगेगा।" बात लोगों को पसन्द आई और मुखिया यह

संवाद देने के लिए तैयार हो गए। एक ने आपस में दूसरे को मुखिया की पत्नी सम्बन्ध से याद करते हुए इशारा किया। कड़ाही पर कौन-कौन बैठेगा, निश्चित हो गया और यथासमय लोग डेरे पर आकर इकट्ठे होने लगे। अगर दो-एक रोज पहले सुरेश बाबू से सलाह ली होती तो उन्होंने इनकार कर दिया होता।

धीरे-धीरे, शाम हो जाने पर, प्रबन्ध जोरों पर आया। नीली को गाँव की लड़कियों के बीच बड़ी खुशी है, जैसी जनता के बीच नेता को होती है। बिस्तर बिछे हुए। चारों ओर बड़ी-बड़ी परातों पर माड़ा हुआ आटा और मैदा रखा हुआ। लालटेन और मशालें जलती हुईं। बड़े आँगन के बगल गुइल। बिछे बिस्तर और पत्तलों पर स्त्रियाँ कचौड़ियाँ बेल-बेलकर फेंक रही हैं। साथ गीत चल रहे हैं। कार्य की महत्ता से शोरगुल बढ़ा हुआ। एक बगल निरू बैठी हुई मन में अनेक प्रकार की आलोचना-प्रत्यालोचना में लीन। इसी समय एक युवती ने घूँट हटाकर उसकी तरफ देखकर पूछा, "ए गुइयाँ, ब्याह के गीत तो नहीं सुनने की इच्छा ?"

"सुनाओ !" मन्द हँसकर देखती हुई निरू बोली।

"तुम्हारा ब्याह कब हो रहा है ?" चपला सखी ने स्वर में दूरदर्शिता सूचित की।

"बहुत जल्द !" निरू गम्भीर होकर बोली।

"बड़ी उतावली होगी ?" मर्मज्ञता से देखती हुई।

"रात को नींद नहीं आती, तारे गिना करती हूँ, कमरे में धन्नियाँ।" वैसी ही गम्भीरता से निरू ने कहा।

युवती जोर से हँस पड़ी। उसकी सास कुछ दूर उसके पास ही बैठी गीतों का नेतृत्व कर रही थी। उसके हँसने के साथ ही गीत बन्द हुआ था, "क्या ही-ही, ही-ही कर रही है, चल बेल जल्दी," कहकर निरू को देखकर मुँह फेरकर नए गीत के प्रारम्भ में स्वर भरा।

बहू ने फिर प्रश्न किया, "तो इतनी बेचैनी क्यों सहती हो ? ब्याह कर लिया होता।" चलते गीत के महोच्च स्वर की छाया में रहकर पूछा।

"इच्छा तो थी, पर अच्छा कोई देख ही नहीं पड़ा।" निरू बहू की कचौड़ी देखती हुई बोली। वह पहले से अभी तक पूरी न हुई थी। बहू भी रस को छोड़कर कर्कश कचौड़ी की चारुता बढ़ाने में न थी।

पूछा, "तो इन्हें तुम्हीं ने पसन्द किया है ?"

"हाँ।"

"कहाँ के हैं ?"

"अब तो विलायत के कहना चाहिए।" निरू अपना सेण्टेड रूमाल नाक से लगाकर बोली, जैसे घी की तीव्र सुगन्ध से उकता गई हो।

वाक्य ने बहू के हृदय को हिला दिया। सँभलकर सूक्ष्मदर्शी आलोचक के स्वर में पूछा, "कैसे तुमने उन्हें देखा ?"

"वे हमारे यहाँ आया करते हैं, वहीं खाना खाते हैं, कभी-कभी भाई साहब के साथ।" निरू जान-बूझकर कह रही थी।

"घर में काम है। मैं अभी आती हूँ। दूध जल जाएगा। दुधहँड़ उतारकर रख देना है," कहकर युवती उठी और आपाद-मस्तक ढकी हुई बाहर निकल गई।

निरू सभ्यता के विचार से बैठी थी। उसके जाने पर मन को कचौड़ियों का पकना देखने की ओर लगाए। एक साथ मोटी-मोटी कितनी पड़ और निकल रही थीं। निरू निश्चय कर रही थी कि उसका भीतरी भाग कच्चा रहता होगा। इसी समय 'हाँ-हाँ-हाँ' की आवाज आई। दरवाजे के पास बैठी हुई स्त्रियाँ चिल्लाईं। स्वर में समझ भरी हुई।

"क्या है ? क्या है ?" कड़ाही पर बैठे मर्दों ने आवाज दी, स्वर से विषय की अज्ञता सूचित होती हुई।

"मर गया आकर, देखे हुए था जैसे चमार कहीं का !" एक वृद्धा ने बेलना उठाकर कहा, "जाता है या दूँ तानकर कनपटी पर ?"

प्रकाश काफी था। तब तक औरों ने भी देखा, "इसमें तो पैर रोप दिया ! हद है। जाता है या दिया जाए परसाद ?" कड़ाहीवाले उठकर बोले।

निरू ने भी देखा। तुरन्त उठकर पास चली। "छूना मत उसे," इधर की स्त्रियों ने आतुरता से कहा। निरू को हिन्दू-संस्कारों ने जैसे जकड़ लिया। ज्यों-की-त्यों खड़ी रह गई, पर दृष्टि आगन्तुक से बँधी हुई।

"दीदी !" रामचन्द्र बोला। जैस बड़े कष्ट से बोल पाया हो ! आँखें छलछलाई हुईं। वह उसी को खोज रहा था। छाए वाष्प की आँखों से दृष्टि रुद्ध हो रही थी, पुनः अनेक आदमियों में आदमी-ही-आदमी देख रहा था, परिचित कोई मुख नहीं। इस समय जो कुछ समझ में आया, वह अवज्ञासूचक स्वर था। बालक गया भी वहीं तक जाने के लिए था। वह जानता था, आज ब्रह्मभोज है और ऐसे शुभ मुहूर्त में वहीं तक मेरी गति है, उससे अधिक एक अछूत की नहीं होती, मैं नाई-कहार की इज्जत भी

नहीं रखता, इसलिए दूर, दरवाजे पर खड़ा, जिसके लिए गया था, उसे खोज रहा था। बालक की मुखाकृति और आमन्त्रितों की अवज्ञा से निरू की सहानुभूति उद्वेलित हो उठी। पर पैर न उठे। देह और प्राणों की भेदात्मिकता का स्पष्ट रूप उसके भीतर और बाहर लक्षित हो रहा था।

"क्या है रामचन्द्र !" उसी सहानुभूति के स्वर में निरू ने पूछा, उसके दर्द की अव्यर्थ दवा हुई। आँखों से आँसुओं का तार बँध गया। बालक खड़ा सिसकियाँ भर-भरकर रोने लगा। यह उसके लिए, निर्दोष के लिए कितना बड़ा अपमान था, वहाँ कोई नहीं समझा; उसकी प्रकृति रुला-रुलाकर समझा रही थी। भाव-रस की बूँदें कपोलों से बह-बहकर पृथ्वी पर टपकीं। कुछ देर बाद, बरसे हुए मेह के बाद के आकाश की तरह बालक का मन आप हलका हो गया, जैसे क्रोध और अपमान का आँसुओं द्वारा पूर्णरूप से बदला चुका लिया गया और यह कठोरता का कोमलता से दिया गया उत्तर अन्तर्यामी के समझाने के लिए रह गया, भविष्य के विश्व के निर्माण के लिए। निरू प्राणों से उसके बिलकुल नजदीक थी, जैसे अपने आँचल से उसके गाल और आँसू पोंछ रही हो। सुरेश दूर कुर्सी पर बैठे देखते हुए।

निरू के कोमल भाव के लेप से बालक बिलकुल शान्त हो गया। मराल-कंठ पर झंकृत वीणावादिनी के स्वर-सा परिष्कृत हिन्दी में बोला, "दादा ने कहा है।" सुनते ही निरू जैसे नयी चेतना से आप्राण पुलकित हो गई, सम्पूर्ण एकाग्रता दोनों आँखों से निकलकर बालक की दोनों आँखों पर आशीर्वाद की तरह न्यस्त हुई, बालक कहता गया, "हम आपके बड़े कृतज्ञ है–दादा ने कहा है–जो आपने बीस रुपए की स्कॉलरशिप देने की आज्ञा की; पर चूँकि मैं अपने भरण-पोषण भर के लिए उपार्जन कर लेता हूँ, इसलिए आपकी कृपा का फल दूसरे के लिए छोड़ता हूँ। इस गाँव में हमारी जो स्थिति है, इससे हम यहाँ रह नहीं सकते, यह आप समझती होंगी। अन्य जिन कारणों से किसी को गाँव में रहने का मोह होता, वे हमारे लिए नहीं रहे। हम आपके कुएँ से पानी-भर भरने के गुनहगार थे, हालाँकि कुआँ हमारा ही खुदाया हुआ है। फिर भी, खेत बेदखल हो जाने के कारण आपकी जमीन पर है, आपका है। आप ज्यादा जनों के लिए हैं, मैं अकेला हूँ। सिर्फ घर है। पर आगे बिना मरम्मत के पुराना होकर, थोड़ा-बहुत बैठकर, वह भी नियमानुसार आपका होगा। इस तरह यहाँ हमारा कुछ नहीं। मैं आज ही आया हूँ और घरवालों को लेकर आज ही चला जाऊँगा," कहकर, प्रणाम कर बालक लौट पड़ा, फिर उधर नहीं देखा।

निरू के प्राण जैसे बालक के पीछे लगे हुए उच्च स्वर से पुकारकर कहते गए, "रामचन्द्र, लौट आओ। तुम्हारा जो कुछ था, वह सब तुम्हारा ही है। तुम्हारे जैसे स्नेह-सगे के लिए, सत्य मनुष्य के लिए, पहले स्थान है।" पर निरू चित्रार्पितवत खड़ी रही।

सोलह

दूध उतारने के बहाने युवती घर गई। पति वहीं घर ताक रहे थे। युवती के मन में सुरासुर-करों की कर्षित रज्जु से जो समुद्र-मन्थन हो रहा था, उसका निकला हुआ गरल पति को एकान्त में बुलाकर, महादेव की तरह का समर्थ समझ, अपने देवता-समाज की रक्षा के लिए सावधानी से पिला दिया।

बिटिया रानी की जिनसे सगाई हो रही है, वे विलायत से लौटे हुए हैं, सुरेश बाबू के साथ बैठकर जेंये हुए, इस तरह अपने साथ इन्हें भी बहा ले गए हैं। युवती ने बड़े ढंग से बिटिया रानी से बातें करते हुए यह मतलब की बात निकाल ली। इनके साथ पान-पानीवाला सम्बन्ध रखना ठीक न होगा। ये इस तरह गाँव को भ्रष्ट कर देंगे, सबके साथ बिटिया भी बैठी हैं। गीले आटे का छुआव है। ऐसा जान-बूझकर धर्म लेने के लिए किया गया है कि फिर आगे कहने का मुँह न रहे। बिटिया सिर्फ देखने को उतनी बड़ी हो गई हैं, शऊर बिलकुल नहीं है। युवती दिल्लगी के पद से दिल्लगी करने लगी तो वे अपने ही मुँह ब्याह की बात कह चलीं। भगवान की इच्छा थी, नहीं तो कल किसी का धर्म न रह जाता।

पति से एकान्त सामीप्य प्राप्त कर फिसफिसाते मधुर विश्वस्त स्वर से

युवती ने कहा। महावीर सुनकर भौंहें कुटिल कर पदक्षेप से कोने में खड़ी की तेलवाई लाठी लेकर बाहर निकला। युवती ने मुड़कर देखकर कहा, "किसी से लड़ाई न करना, अभी से कहे देती हूँ।"

"बैठ चुपचाप," गम्भीर स्वर से कहकर धर्म-रक्षा के लिए सन्देशवाहक अग्रदूत की तरह महावीर बाहर निकला, और गाँव के मुखिया के द्वार पर पहुँचकर जोर से लाठी का गूला दे मारा और 'मुखिया हो' कहकर ऊँची आवाज लगाई।

मुखिया थे। बाहर निकले। अँधेरे में मुस्कुराकर महावीर से पूछा, "क्या है, इतनी रात कैसे आए ?"

महावीर ने संक्षेप में हाल कहा। मुखिया महावीर न थे। पुलिस, महाजन और जमींदार के प्रति उनकी समदृष्टि थी। मन में अपना मतलब गाँठकर महावीर को बढ़ावा देकर गाँव के चार भलेमानसों को बुला लेने के लिए कहा। साथ-साथ इस धर्म की रक्षा के उद्देश्य से आए महावीर को धन्यवाद देना भी न भूले।

जो लोग कड़ाही में थे, उन्हें महावीर जानता था; इसलिए न्यौतेवाले दूसरे लोगों को बुलाने चला, जिनकी दूसरों पर धाक थी। अत्यन्त आवश्यक समस्या है, कहकर चार-पाँच अच्छे किसान ब्राह्मण एकत्र कर लिए और मुखिया के यहाँ लिवा लाया। मुखिया बैठे हुए तम्बाकू थूक रहे थे। द्वार पर दीया भी मँगवा लिया था। अपने विचार के निष्कर्ष पर भी पहुँच चुके थे और भविष्य में प्राप्त उसके फल की कल्पना कर रहे थे कि महावीर आदमियों को लिवाकर पहुँचा। बार-बार कहना पड़ेगा, इसी विचार से वहाँ विषय की चर्चा नहीं सुनाई। नमस्कार-पलागों करके समागत ब्राह्मण चारपाई पर बैठे।

महावीर को मर्म तक देखते हुए जैसे, आए हुए आदमियों के सामने समाचार कहने के लिए मुखिया ने आज्ञा की। महावीर धर्म के रक्षक श्री रामचन्द्रजी का स्मरण कर कह चला और लोगों को शंकित, चकित, त्रस्त, क्षुब्ध, उद्वेलित और धर्म की रक्षा के लिए बद्धपरिकर करते हुए कथा समाप्त की।

"क्या राय है ?" मुखिया ने पूछा।

"जैसी पंच की राय," बलई सुकुल बोले।

"हाँ, भई, पंच परमेसुर बराबर हैं," कालिका मिसिर ने कहा।

"रामअधार गाँव का साथ छोड़नेवाला नहीं," जोरदार गले से रामअधार

पाण्डे न कहा।

देवीदीन दुबे जनेऊ की कसम खाकर बोले, "सब आदमी सलाह कर लेव, फिर देख लेव, देवीदीन आगे ही हैं, नहीं तो यह छानबे नहीं, ताँत।"

महावीर से न रहा गया। किसी को असलियत पर न आते हुए देखकर गर्म पड़कर बोला, "भाई, सुनो, धर्म पहले है। भगवान धर्म के लिए वनवास को गए और रावण को मारा। हमारे सामने तो बस पूरी ही कचौड़ी है।"

"अरे तो कौन पहुँचा पेले देता है ?" बलई बोले।

"यह सिड़ी है।" कालिका मिसिर ने कहा, "जैसे यही भगवान को जानता है। हम स्नान कर रामायण पढ़े बिना पानी नहीं पीते। सलाह कर लेव, जैसी ताल पड़े, वैसा किया जाए—क्यों मुखिया ?"

"हाँ, भाई," ढीले स्वर मुखिया बोले, "अब हमारा तो समझा-बूझा नहीं कि कहाँ विवाह हो रहा है। हम तो जानते हैं कि मालिक हैं, बुलाया है, अपनी कड़ाही है, कुछ दोख नहीं !"

रामअधार जीभ से होंठ चाटकर बोले, "मुखिया, समझदारी की बात तो यही है, फड़फड़ाना ठीक नहीं। सब काम सलाह से होना चाहिए।"

"तेरे तो लार टपकती है पूरी देखकर।" महावीर से न रहा गया।

देवीदीन ने कहा, "सब खाएँगे तो तू उपास न करेगा। पाव-भर औरों से ज्यादा खाएगा। बहुत बलक मत। पंचों की राय से काम होगा। मुखिया पुराने हैं, इनको आगे-आगे चलने दे।"

"भाई, सुनो," मुखिया बोले, "आँख और कान से चार अंगुल का फरक है। बस, समझ लेव।"

समझ में किसी के नहीं आया, पर सब समझदार की तरह सिर हिलाने लगे।

"तो क्या कहते हो मुखिया ?" बलई ने पूछा।

"भाई, सुनो," मुखिया सिर झुकाए और आँखें उठाए हुए बोले, "हम तो कह चुके ! पाप देखे का है, सुने का नहीं।"

सहमत और असहमत दोनों भाववाले एकाग्र होकर सुनने लगे। कुछ देर तक जवाब न मिलने पर मुखिया ने फिर कहा, "जगन्नाथजी में सातों जात के लोग एक साथ खाते हैं। घर लौटकर अपना-अपना धर्म-कर्म करते हैं।"

अभी लोगों की समझ में विशेष बात नहीं आई। सिर्फ रामअधार को कुछ आशा बँधी और महावीर जगा।

फिर भी किसी को कुछ कहते न देखकर मुखिया बोले, ''जब कहो कि रेल में मुसलमान, किरस्तान सब रहते हैं, पानी न पिएँगे; धर्म चला जाएगा, तो इस तरह धर्म नहीं जाता। कहा है, 'आपातकाले मर्जादा नास्ति'। हमारे गाँव के मालिक हैं। कहा है—'राजा जोगी अगिन जल इनकी उलटी रीति।' न जाने कब क्या कर बैठें। इनसे विग्रह ठीक नहीं ! फिर हमारे अपने नहीं। और हमारा सरबस इनके हाथ में है। काछी, कुर्मी, तमोली, तेली, बरमभोज करते हैं, सब लोग जाते हो। खाते हो और दच्छिना ले आते हो। तब धर्म कहाँ बह जाता है ? हमारा-इनका जितना व्यवहार है, उतना न तोड़ना चाहिए, क्योंकि हमारा-इनका सदा सम्बन्ध-व्यवहार रहेगा। ये जमींदार हैं, हम रियाया। फिर जब कड़ाही हमारी है तब क्या बात है, चाहे जिनके घर ब्याह करते हों ये।''

''ब्याह हो जाएगा तो भी खावेंगे सब लोग ?'' अकेले विरोध की पूरी शक्ति रखने की दुर्बलता को अस्वीकृत करते हुए महावीर ने पूछा।

''यह तो मूसर है पक्का, न आज समझे, न कल।'' सब लोग उठकर मुखिया से पालगी करके अपने-अपने घर चले। महावीर परास्त होने पर भी मन से पराजय स्वीकार न करता हुआ कन्धे पर लट्ठ रखे सोचता हुआ चला।

सबके चले जाने पर मुखिया उठकर डेरे चले—सुरेश बाबू से मिलने, यह सोचकर कि आज रात-भर जगमग रहेगी।

महावीर घर आकर पत्नी से बोला, ''सब-के-सब चमार हैं री, जाएँगे। धरम-धरम करते ही हैं, जी से डरते हैं कि खेत छूट जाएँगे।''

सत्रह

रामचन्द्र के चले जाने पर निरू को एक जबरदस्त धक्का लगा। वह उस जगह जाकर अवस्थित हुई, जहाँ उसकी अक्लेद नारी-सत्ता है—समस्त विश्व की नारियों की एक ही चेतन संस्कृति, जो स्वयं रीति-नीतियों का सृजन करती है और तदनुकूल चलने की शिक्षा देती है। निरू ने सोचा, रीतियों की जो रंगीन साड़ियाँ समय-समय पर शोभा-वृद्धि के लिए वह पहनती हैं, वे आत्मिक सौन्दर्य पर पर्दा डाल देती हैं, यहाँ तक कि देह का भी पूरा सौष्ठव उनके कारण स्पष्ट नहीं होता, पुनः चिक के भीतर की महिला की तरह यह दूसरे के मुख की रूप-रेखा भी साफ नहीं देख पातीं।

सोचा, जिन सामाजिक रीतियों के कारण कुमार जैसे शिक्षित मनुष्य को पीड़ा पहुँचती है, उनका समर्थन करके वस्तुतः ज्ञान की ओर बढ़ने का उसने विरोध किया है, यह रीति के अनुसार धर्म नहीं; जिसे कहीं भी सहारा नहीं मिला, वह समझदार के सहारे की आशा करता है; अगर वहाँ से भी निराश हुआ, तो चाहे जितने भी पुष्ट और अनुकूल तत्त्वों पर वह समझदार अवलम्बित हो, एकाएक प्रबल भूकम्प से गिरे सुदृढ़ ऊँचे सौधों की तरह वे तत्त्व नष्ट-भ्रष्ट हो अपनी आदिम सत्ता में पर्यवसित होते रहते हैं; वह

जमींदार है, उसका पहला कर्त्तव्य पीड़ित की रक्षा करना है, फिर कुमार देश और काल के अनुसार गुण भी धारण करता है। जो देश और काल की पीड़ा के मिटानेवाले हैं, ऐसे मनुष्य ने मनुष्यता के मार्ग पर क्या सोचा होगा उसके लिए ?

निरू क्षुब्ध हो उठी। कल्पना में देखने लगी, निस्सहाय एक शिक्षित की दृष्टि गाँव की दृष्टि-तृष्टि से फिर रही है, बड़े स्नेह से उनसे सहयोग चाहती है, उन्हें क्षुद्र सीमा से बँधी रहने का ज्ञान देकर वृहत्तर की तरफ ले चलने के लिए, अपने बड़प्पन को भूलकर उन्हें अपने में मिलाने के लिए, फिर भी चारों ओर से दृष्टियों द्वारा जहर उस पर क्षिप्त होता हुआ; शिक्षित चुपचाप सहन करता हुआ; मन-ही-मन उनके प्रसार की कामना करता हुआ; उन्हीं की अवज्ञा के फलस्वरूप हमेशा के लिए अपनी प्रिय पितृभूमि से नतमस्तक हो चलता हुआ। देखा, वह दृष्टि सहानुभूति की आशा से निरू पर भी स्थित हुई थी; उसे समझदार समझा था, पर वह हलकी तुष्ट करनेवाली दृष्टि उसे भी भार मालूम दी—उसने भी उसका तिरस्कार किया, वह उस पर से भी उसी धैर्य के साथ उठ गई। देखा, उन आँखों में घृणा नहीं—केवल एक समझ है। वह दृष्टि की समझ उसके समस्त पर्दे पार कर, जहाँ वह अचल रीतियों की गोद में बैठी हुई उन्हीं की तरह दुबल हो रही है, वहाँ तक पहुँचकर, उसे देख चुकी है। बड़ी ग्लानि हुई। वह इतनी दुर्बल है ! इतनी सहानुभूति करते ही जैसे वही दृष्टि निरू को प्राप्त हो गई। उसी दृष्टि से उसका तादात्म्य हो गया। वह जीवन के भीतर से क्षिप्रगति से उठने लगी और क्षणमात्र में वहाँ के समस्त के जीवन के ऊपर हो गई। उसने स्पष्ट अनुभव किया, वह वहाँ के सभी लोगों से ऊपर, बहुत ऊपर है। वहाँ के समस्त मनुष्य एक अन्धकार में पड़े हैं। एक बार देखकर फिर न देख सकी। वहाँ न रह सकी। उस विकृति के प्रति उसे हार्दिक घृणा हुई। धीरे-धीरे अपने कमरे की ओर चली और उसी दृष्टि को लिए हुए, उसी उच्चता के चरण-क्षेप से। वहाँ का जो कुछ भी उसे स्पर्श करने के लिए आता है; यह सब जैसे कलंकित हो, गिरा देनेवाला। वहाँ की आकृति, स्वर, सब जैसे प्रतिक्षण, प्रति इंगित से अपने पतित होने की सूचना दे रहे हों। इन्हीं से वह सहयोग किए हुए है और यह कौन-सी सत्ता, कौन-सी चीज है, जिसने स्पर्श मात्र से मानव और अमानव, स्वर्ग और पृथ्वी का बोध करा दिया ? निरू उसी तरह भावनयना अपने पलँग पर बैठ गई। एक छोटी मेज पर दीपक जल रहा है।

निरू उसी ऊर्ध्व दृष्टि से देखने लगी, जो जल-सरोवर के किनारों से

बँधा हुआ सरोवर का जल कहलाता है—न बहता हुआ। वह मुक्त मेघ से मुक्त होकर आया है, और तब वाष्पाकार होता हुआ सरोवर के किनारों को छोड़कर ऊपर उठता—मुक्त होता है। सोचा, उसी जल की कुछ बूँदें नदी में डाल दी जाएँ तो वे नदी के जल की व्याख्या प्राप्त करती हैं, फिर समुद्र से मिलकर समुद्र के जल की। इस तरह, जल की व्याख्या विशेष भले दी जाए, है वह जल सूक्ष्म रूप में एक ही प्रकार, स्थूल रूप में कूप, सर, नदी, समुद्र का बनता हुआ—भिन्न रूप, गुण और व्याख्या प्राप्त करनेवाला।

निरू को हृदय का बल प्राप्त हुआ। वह कुमार को चाहती है, उसने दृढ़ कुमारी की तरह सोचा, कुमार ने भी उसे देखा है, वह भी प्यार करता है या नहीं, वह नहीं जानती, पर दृष्टि से पहले ही दर्शन में जो कुछ कुमार से उसे मिला है, उसके अतिरिक्त प्यार की दूसरी व्याख्या वह मानने के लिए तैयार नहीं। अगर होगी भी तो भी वह उस पहली अनुभूति की तरफ होगी—उसी को पाने की इच्छा रखेगी। संसार में भी वह वस्तु, हृदय में वैसी मधुरता भर देनेवाली, उसे नहीं मिली। यामिनी उस तत्त्व के मुकाबले एक जड़ विशेष है। वही विद्वान उसके मकान में जूता पालिश करने के लिए गया था। यह कितना बड़ा आदर्श है ! ब्राह्मणत्व का कहीं नाममात्र के लिए अहंकार नहीं। यूरोप की शिक्षा का ज्वलन्त उदाहरण। कहाँ विश्वविद्यालय के सामान्य पद की प्रतियोगिता, कहाँ सामान्य जूता पालिश करना !—एक ही व्यक्ति इन दोनों कार्यों की समता रखता हुआ। कहाँ यह और कहाँ यामिनी, आत्मसम्मानलोलुप—मनुष्य का रूपमात्र रखनेवाला।

'कुमार अविवाहित है, मैं कुमार को चाहती हूँ; भले वह बंगाली नहीं; पर मनुष्य है; कुछ हो या न हो, मैं चाहती हूँ, पहली बात यह है।' सोचती हुई निरू कुछ तनकर बैठी, 'मेरे हैं कौन ! मैं लज्जा करूँ भी क्यों ? विवाह मन का है, मेरा मन जिसे नहीं चाहता, मैं क्यों उससे विवाह करूँ ?'

साथ ही निरू को गाली देनेवाली बात याद आई; सोचा, 'वह गाकर चिढ़ानेवाला कुमार ही होगा !' 'कुमार' शब्द के अस्फुट उच्चारण में वह आत्म-सम्प्रदान कर रही थी, 'कितना चालाक है ! मैं जब गई तब मौन। माँ की जब ऐसी बँगला है, तब उसकी क्यों न वैसी होगी !

'मैं अगर मिलूँ भी तो क्या बुरा है ? वे मुझे लड़की समझती हैं, इसीलिए बुलाया भी। मैं नहीं जा सकती थी। कमजोरी यह। ठीक नहीं। लज्जा अनुचित थी। पहले तो पति को बुलाते भी किसी को लज्जा नहीं लगी—न रुक्मिणी को लगी, न संयोगिता को। वह मेरी कमजोरी थी। दादा

दादा हैं, बस। मैं उनका अहित तो चाहती नहीं, फिर उनके सामने मेरी आँखें क्यों झुकें ? अपने लिए मैं जैसा उचित समझती हूँ, क्यों नहीं कर सकती ? मुझे उनसे मिलना चाहिए। अभी वे गई न होंगी। अगर मैं बुलाऊँ तो ठीक नहीं, क्योंकि पहले वे बुला चुकी हैं; जमींदारी का अभिमान सूचित होगा, फिर हम लोग गुनहगार हैं, अत्याचार इधर से हुआ है, उन्होंने सहन किया है।'

निरू ने दासी को बुलाया। आने पर नीली को बुला लाने के लिए कहा। निरू की इच्छा चलते-चलते रामचन्द्र की माँ से मिलने की हुई।

रामचन्द के आने के बाद, यह मालूम कर कि कुमार बाबू आए हुए हैं, नीली रामचन्द्र के जाने से पहले उसके घर पहुँची और अब तक वहाँ पुरानी पड़ गई। जितनी बातें पेट में थीं और कहने लायक उसने समझीं, सब कह दीं, और जानने लायक जो उसे मालूम दीं, सब पूछ लीं। कुमार से नीली का ऐसा अकृत्रिम व्यवहार देखकर सावित्री देवी को दुःख के समय भी हँसी आ गई। पुत्र के कार्य-वैचित्र्य से उन्हें प्रसन्नता हुई। नीली से उन्होंने भी बहुत-सी बातें कीं और भोजन कराया। सावित्री देवी ने नीली से कहा, "तुम्हारी दीदी हमें गरीब जानकर हमारे यहाँ नहीं आई—क्यों ?"

नीली मुस्कुराकर रह गई।

सावित्री देवी उसे उभारने के लिए फिर बोलीं, "तुम्हीं ने मना कर दिया है, लोग कहते थे।"

नीली ने मार्जित गले से प्रतिवाद कर दिया, "मैंने तो उन्हें और चलने के लिए कहा था, यह भी कहा था कि दादा ने तो जाने के लिए कह भी दिया है; पर दीदी फिर न जाने क्यों नहीं आई !"

कुमार मुस्कुराया। सावित्री देवी इतने से दूर तक समझ गईं। पर सन्देह न रहे, इस विचार से कहा, "तुम्हारे दादा कौन बड़े ज्योतिषी हैं ! जब तुमने बताया तब मालूम हुआ कि तुम्हारी दीदी वहाँ जा रही है।"

"मैंने पहले कब कहा ? दादा ने पूछा तब कहा।" नीली निश्चिन्त हो गई।

देवी सावित्री का अनुमान पूरा उतरा।

इस तरह नीली दरबार जमाए हुए थी। इसी समय निरू की दासी गई और 'बुलाती है' कहकर चुपचाप साथ लेकर बाहर चली आई।

नीली इस बार भी दासी से पहले, हाँफती हुई , बहन के पास पहुँची और पूछा, "दीदी, तुमने बुलाया है ?"

"हाँ, तू गई कहाँ थी ?"

"कुमार बाबू के यहाँ।" पलँग से बँधा मसहरी बाँधनेवाला लट्ठा पकड़े, नाचती हुई जैसे प्रसन्नता से नीली ने कहा।

"लड्डू बँट रहे थे न कुमार बाबू के यहाँ ?" स्नेह के स्वर से निरू ने कहा।

नीली विषम दृष्टि से देखती रही।

हँसकर निरू ने पूछा, "क्या बातें हुईं कुमार बाबू से ?"

नीली फिर भी कुछ न बोली।

निरू ने कहा, "मैंने तुझे बुलाया था भेजने के लिए कुमार बाबू के यहाँ; पर तू हो आई, अब क्या जाएगी !"

"जाऊँगी क्यों नहीं ?" सीधी होकर नीली ने कहा।

"तो पहले बता कि वहाँ क्या बातें हुईं ?"

"कुमार बाबू ने कहा, हमारे गाँव के जमींदार की बहन आ गई।"

"फिर ?"

"फिर कुमार बाबू की माँ ने कहा, 'गाँव-भर को खिला रही हैं, हमें पूछा भी नहीं। फिर मलिकवा की माँ गई और चलने के लिए कहा। कुमार बाबू उसे साथ ले जाने को राजी हो गए। फिर मैंने कुमार बाबू से उनका पता पूछा।'

निरू मन-ही-मन खिल गई। कहा, "वहाँ भी अड्डा जमाने का विचार है–क्यों ? क्या कहा ?"

"57 नम्बर, लाटूश रोड ?"

"फिर ?"

"फिर कुमार बाबू की माँ ने कहा कि इसने मना कर दिया है, इसलिए इसकी बहन नहीं आई। मैंने कहा, 'नहीं, दीदी तो आ रही थी।' "

"दीदी तो आ रही थी !–नानसेन्स।"

"नहीं, मैंने कहा, दादा से बातें हुई थीं, दादा ने बाद को जाने के लिए कहा भी था; पर...फिर कुमार बाबू की माँ बोलीं, 'फिर तुम्हारी दीदी नहीं आईं–क्यों ?' "

निरुपमा लज्जा से वहीं गड़ गई। चलने का विचार जाता रहा। नीली का कान पकड़ा; पर धीरे से खींचकर छोड़ दिया। मन में सोचा, 'इसने न

जाने और क्या-क्या कहा हो !' फिर पूछा, ''फिर क्या हुआ ?''

''फिर मुझे खाना खिलाया। कुमार बाबू यहाँ खाना नहीं खाएँगे। यहाँ का पानी पीना पड़ेगा, इसलिए। स्टेशन पर खाएँगे।''

निरुपमा गम्भीर हो गई।

दासी खाने के लिए बुलाने आई।

निरू ने कहा, ''नीली को ले जा, भोजन महाराज से यहीं रख जाने के लिए कह दे। कुछ देर बाद खाऊँगी।''

निरू की इच्छा खाने की न थी। पर नीली के सामने न कह सकी।

नीली चली गई। निरू सोचती रही।

अठारह

रामचन्द्र, मलिकवा की माँ और अपनी माँ को लेकर कुमार लखनऊ चला गया। गाँव में किसी से मिला भी नहीं। पहले से वह इसी धातु का बना हुआ है। किसी की समझ पर दबाव डाले, उसका ऐसा स्वभाव नहीं।

जब परीक्षाएँ पास कीं और एक सुन्दर कन्या के धनी पिता भावी जामाता की कानपुर की इमारतें और विश्वविद्यालय की सर्वश्रेष्ठ पदवी देखकर उसके पिता के पास आए और कन्या के साथ दान में यथेष्ट धन देकर उन्हें प्रसन्न करने के लिए कहा, पिता विवाह के पक्ष में हो गए, माता की आँखों में भी अदृश्य बहू का मुख कुछ-कुछ दृश्य हो चला, विवाह के लिए वे ललचा उठीं, उसने किसी की समझ पर नासमझी नहीं की—सीधे विलायत की तरफ देखा। विलायत का नाम सुनकर कन्या के पिता खिंचे; वे ऐसे न थे कि जो धन देकर धर्म भी देते।

विलायत से लौटकर, भारत के वृहत्तर समाज पर जो कल्पनाएँ उसने की थीं—जाति-निर्माण का जो नक्शा खींचा था—इस पद-दलित धारा पर उसकी सहानुभूति की धारा जिस वेग से बहती थी—जिस सहृदयता से वह शिक्षित-मात्र को देखता था, वे सब, जीविकार्जन के क्षेत्र पर उसके पदार्पण

करते ही, संकुचित होकर, सूखकर अपने ही सूक्ष्म-तत्व में विलीन हो गईं। पर उसने किसी की समझ पर नासमझी नहीं की। चुपचाप एक पेशा इख्तियार कर लिया, जहाँ किसी को धोखा खाने की बात न थी। बीच रास्ते पर उसका व्यवसाय लोग स्पष्ट रूप से देख सकते थे।

जब माँ की चिट्ठी मिली कि गाँव में रहना दुश्वार है, शायद लोग जमींदार पर दबाव डाल रहे हैं कि कुएँ से पानी भरने न दिया जाए, तब ऊँची-ऊँची किताब और ऊँचे-ऊँचे मनुष्यों की व्यवहार की इस जानकारी ने तुच्छ जमींदार और गाँववालों के उस विरोध को उनकी स्थिति के अनुकूल हुआ जानकर उनके खिलाफ एक शब्द नहीं कहा, चुपचाप गाँववालों को अपने साथ ले आया, यह समझकर कि जूते की पालिश रोटियों का सवाल अच्छी तरह हल कर लेती है। और उसकी माँ जैसी मार्जित हैं, उनके विचारों को कोबरा की स्याही न लगेगी; रामचन्द्र के अभी अपने विचार कुछ नहीं, भविष्य में उनकी अधिक पुष्टि की आशा है। केवल मलिकवा की माँ की चिन्ता हुई कि कहीं उसकी समझ कुन्द न हो जाए। उसे गाँव में कष्ट था, विशेष काम कर नहीं सकती थी। उसका लड़का जब पक्ष लिए हुए मरा, तब पक्ष छोड़ना ठीक नहीं—इस विचार से माँ बराबर उसे खाने-पीने को देती रही। चलते समय बुलाकर, कहकर, रोकर उसके आग्रह करने पर साथ लेकर आईं। अब उसकी समझ को धक्का न लगे, इस विचार से उसने रामचन्द्र से मजाक में कहा, "ब्रश और ब्रांकों की वस्तु का अगर तू निर्देश न करेगा, तो मलिकवा की माँ इस जिन्दगी में न समझ पाएगी कि मैं क्या करता हूँ," कहकर, दूसरे दिन, अपने जीविकार्जन के महास्त्र लेकर बाहर निकला।

लखनऊ में कुमार अब तक काफी प्रसिद्ध हो चुका है। हैट-कोट पहनकर, रास्ते पर बैठकर जूता-पालिश करनेवाला मामूली आदमी नहीं, फर्राटे से अंग्रेजी बोलता है। कोई-कोई कहते हैं, विलायत भी गया हुआ है, अंग्रेजी खत्म किए हुए है, यह देश को शिक्षा देने के लिए ऐसा करता है कि न कोई बड़ा है न छोटा, यह चर्चा घर-घर है। चमार, जिस रास्ते से वह निकलता है, चौकन्ने होकर देखते हैं। चमार चार पैसे लेते थे, वह एक पैसा लेता है। बाजार तब से गिर गया है। लोग चमारों को हेय दृष्टि से देखते हैं। छावनी में कुमार की बड़ी कद्र है। गोरे बड़ी प्रीति से उसे काम देते हैं, उसकी बातें सुनते हैं। एक-दूसरे को देखकर मुस्कुराते हैं। उसकी इज्जत करते हैं। वह भी यूरोप की, तरह-तरह की, उन्हें पसन्द आनेवाली बातें

सुनाता है। बँगलों में भी जाया करता है। सभी जगह यथेष्ट आमदनी होती है। उसके सीधे निरभिमान, प्रसन्न और प्रिय स्वभाव को सभी प्यार करते हैं। कभी-कभी लोग चारों ओर से घेरकर विस्मय, आदर और स्नेह की दृष्टि से देखते रहते हैं।

आज वह बँगलों की तरफ चला। कमल साधारण घरेलू सुन्दर पहनावे में सजी फाटक के पास खड़ी हुई, आकाश भरकर उतरती हुई वर्षा की पीन श्यामच्छवि एकटक देख रही थी। मुख पर काव्य का नैसर्गिक प्रकाश पड़ा पृथ्वी और स्वर्ग को एक कर रहा था।

कुमार ने देखा। मन में निश्चय हुआ कि यह विदुषी है। अपने कार्य के लिए आगे बढ़ा। आहट पा कमल ने उसी भाव की दृष्टि से देखा। कुमार ने अंग्रेजी में कहा, "जूते पालिश करता हूँ। आप देखकर खुश होंगी। मिहनत बहुत कम लेता हूँ।"

कमल भाव की आँखों से मुस्कुराकर सोचने लगी, 'यह चमार है। थोड़ी-सी अंग्रेजी पढ़ ली है। आजकल के बाबू अंग्रेजी सुनकर खुश होकर काम ज्यादा देते हैं।' हिन्दी में पूछा, "तुम्हारा नाम ?"

"कृष्णकुमार," नम्रतापूर्वक कुमार ने कहा।

'कृष्णकुमार चमार, सानुप्रास है।' मन में सोचकर, खुलकर कहा, "बड़ा अच्छा नाम है। अब तुम लोग भी अच्छे नाम रखने लगे।" सोचती हुई गम्भीर होकर बोली, "यह देश की उन्नति के लक्षण हैं।"

"जी हाँ।" सारा मतलब समझकर, मुस्कुराते हुए कुमार ने कहा।

"लेकिन तुम मुझसे अंग्रेजी क्यों बोले ?"

"मैंने कहा, मेमसाहब नाराज न हो।"

"मैं मेमसाहब नहीं।"

कुमार कुछ न बोला। कमल ने भाव स्पष्ट कर दिया, "अभी मेरी शादी नहीं हुई।"

"मुझसे गलती हुई।" क्षमा चाहते हुए जैसे कुमार ने कहा।

कमल लापरवाही से बँगले के सामनेवाले टेनिस-ग्राउंड की ओर बढ़ी, पीछे-पीछे कुमार।

"तुम अंग्रेजी साफ बोलते हो; किसी साहब के यहाँ थे शायद ?"

कुमार को बड़ा बुरा लगा। पर प्रश्नकर्त्री का अनुमान व्यर्थ नहीं, सोचकर कहा, "नहीं, मैंने पढ़ी है।"

इसे स्पर्द्धा समझकर बी.ए. फाइनल की विद्यार्थिनी कमल ने दबाने के

भाव से कुछ तिरछे देखते हुए उँगली जरा ऊपर को उठाकर पूछा, "वह क्या है ?"

काम की तलाश में आकर परीक्षा देते हुए कुमार को बुरा लगा, जैसे कोई बच्चे से पूछ रहा हो; पुनः वह चमार है इसलिए बड़ी सभी बातें उसके लिए अनावश्यक, अप्रत्याशित-सी हो रही हैं—व्यक्ति होकर वह पद और मर्यादा में बड़ा नहीं, तो बराबर है; पर यह विचार भी नहीं रहा, नहीं तो उँगली उठाकर इस तरह प्रश्न करने का क्या अर्थ, सोचकर, यथाभ्यास क्षोभ को दबाकर कहा, "बादल।"

"हाँ, इस पर पाँच मिनट जरा अंग्रेजी में बोलो।"

प्रश्नकर्त्री को गम्भीर मुद्रा-वैषम्य की दृष्टि से देखता हुआ कुमार बोला, "आए थे हरि-भजन को ओटन लगे कपास—हो रहा है।"

"नहीं, मैं तुमसे हरि-भजन ही कराना चाहती हूँ, इसलिए कहती हूँ।"

"लेकिन पारिश्रमिक तो कपास ओटने से ही मिलेगा।"

"ऐसी कोई बात नहीं है।"

"तो इसका तो बहुत ज्यादा पारिश्रमिक होगा।"

"जब तुम पास होगे।"

"तो कितना पारिश्रमिक मिलेगा, अगर मैं पास हुओं में सबसे आगे रहा ?" कुमार ने मुस्कुराते हुए कहा।

कमल चौंककर देखने लगी, कहा, "तुम जितनी आशा रखते हो, उतना मुझे सन्देह है। पर दो सौ रुपए समझ लो।"

कुमार प्रसन्न हो गया; बोला, "सन्देह ठीक है, पर भ्रम सभी को होता है। अच्छा, आपका आदर्श किस कोटि का होगा ?"

"अच्छी अंग्रेजी का आदर्श तुम्हें मालूम होगा तो मुझे समझने में दिक्कत न होगी, तुम सीधी कहो या सजी हुई।"

"विषय तो सजी हुई का ही है। मैं यह और पूछता हूँ कि आपके विषय पर अंग्रेजी के कवियों का कहना और उसका हवाला सुनाऊँ या अपनी तरफ से कहूँ, अवश्य आप 'बादल' पर वैज्ञानिक व्याख्या नहीं सुनना चाहतीं।"

कमल को जैसे कुछ होश हुआ। पूछा, "तुमने कहाँ तक पढ़ी है अंग्रेजी ?"

"मैं लंदन विश्वविद्यालय से डी. लिट्. हूँ, अंग्रेजी साहित्य का।" कुमार का पौरुष न छिप सका।

कमल लज्जित हो गई। नम्र हँसती हुई बोली, "तो आपने यह कैसा

स्वाँग रच रखा है !"

"यह स्वाँग नहीं, यह मेरे साथ भारत का सच्चा रूप है।"

कमल भाव में डूबी हुई खड़ी रही। गौरव अपनी महत्ता में भरकर उसे हृदय की दृष्टि से विद्या का प्रांजल प्रकृत-पथ दिखाता रहा, जिससे कुमार उसके पास चलकर आया था। नत होकर बोली, "मैं बी.ए. फाइनल की विद्यार्थिनी हूँ। आइए, मैं बाबा से कहती हूँ, आप दो सौ मासिक लीजिए; मुझे सुबह दो घंटे अंग्रेजी पढ़ा जाया कीजिए !" कहकर, अपने बँगले की ओर चलती हुई, "आप अवश्य हिन्दू हैं।"

नत मुस्कुराहट से, "हाँ।" शिष्या के विचार मात्र से कुमार आप न कह सका।

"आपकी जाति ?"

"कान्यकुब्ज ब्राह्मण।"

कुमार के भार से झुकी हुई कमल एक कुर्सी की ओर बैठने का इंगित कर भीतर पिता के कमरे में गई, और संसार के आठवें विस्मय की चर्चा से पिता को बाहर ले आई, बँगला में कहा, "ये डॉक्टर कृष्णकुमार कान्यकुब्ज ब्राह्मण हैं; लंदन के डी. लिट्. हैं, जगह न मिलने से यह पेशा इख्तियार किया है।" कुमार का ब्रश उठाकर दिखाया, "जूता पालिश करते हैं। मैं इनसे अंग्रेजी पढ़ूँगी, कहा है, सुबह दो घंटे के लिए। दो सौ मासिक पर।"

दिनेश बाबू प्रसिद्ध वकील थे। कई हजार मासिक की वकालत थी। मनोविज्ञान के पूरे जानकार। ऐश्वर्य और सम्मान सबके ऊपर उनकी प्यारी कन्या प्रतिष्ठित थी। ब्रह्मसमाजी थे। अतः किसी तरह विचलित न हुए; सोचा, 'कमल इस युवक को प्यार करती है। यदि भविष्य में दोनों सदा के लिए बँध भी गए तो बुरा क्या है ? युवक विद्वान और सुन्दर है, पुनः ब्राह्मण है। अवश्य इसका सामाजिक बहिष्कार हुआ होगा। ब्रह्मसमाज को एक योग्य मनुष्य प्राप्त हो सकता है।' कमल की बातें स्वीकार कर, देर तक कुमार से बातें करते रहे और बहुत प्रसन्न हुए।

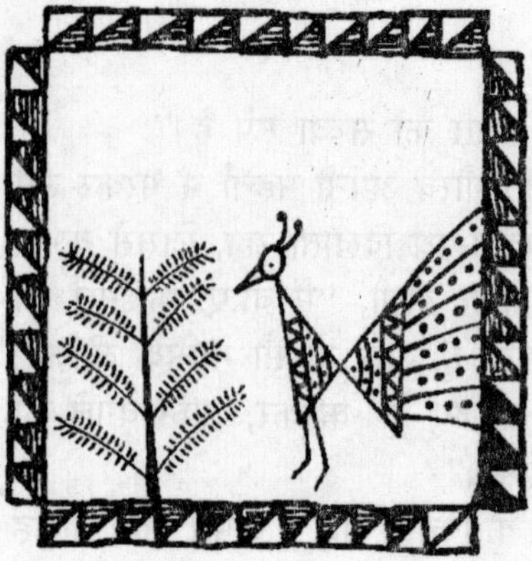

उन्नीस

ब्रह्मभोज के दूसरे दिन निरुपमा नीली को लेकर लौट आई। चित्त में समाज के विरोध में जगा हुआ क्षोभ बराबर उसे बहका रहा था। सोच रही थी, प्राणों की मैत्री के लिए समाज की आवश्यकता है, वैषम्य की सृष्टि करे—इसके लिए नहीं। जो समाज शान्ति नहीं दे सकता, उसका त्याग करना ही उचित है, और विवाह जो जीवन की ऋतु-कुंचित गति को सहज साध्य और रसमय करने के लिए है, अगर रत्ती-भर अनुकूल न हुआ--सारी वृत्तियाँ विरोध पर रहीं तो किसी नीति या लोक-रुचि के विचार से करना आत्महत्या तुल्य होगा।

निरू कक्ष में बैठी थी। विचार के बाद ही उसे वृन्त म्लान होते हुए स्थलपद्म की याद आई। उसी का चित्र देखती हुई मन में मुस्कुराई। नारी का रहस्यपूर्ण हृदय सहसा अपार शक्ति चमत्कार से जैसे खुल गया। सान्त्वना मिली। कक्ष के झरोखे खुले थे। वर्षा की आर्द्र वायु बहती हुई। एकाएक दृष्टि उस स्थान पर गई जहाँ कुमार को सर्वस्व दानवाली दृष्टि से देखा था। एक गर्म साँस सिक्त वायु से मिलकर बह गई। निर्जन बैठी हुई उसी जगह को देखती रही। कल्पना की कलियों की कितनी प्यालियाँ

भरती-ढुलकती रहीं। इसी समय दासी आई। निरू ने नीली को बुला लाने के लिए कहा, खुद उठकर आईने के सामने खड़ी होकर बाल ठीक कर लिए।

"क्या है दीदी ?" चपल आती हुई नीली ने पूछा।

"चल, टहल आएँ," कहती हुई निरू जूते पहनने लगी।

हाथ पकड़, घर से बाहर होकर सड़क पर आते ही पूछा, "नीली, कुमार बाबू का पता मालूम है ?"

"हाँ," खुश होकर गर्दन टेढ़ी कर नीली ने कहा।

"तू अभी गई तो नहीं ?"

नीली हो आई थी। घर आने के आधे घंटे बाद पहले पता लगाने गयी थी। लेकिन भीतर नहीं गई। सिर्फ मकान पहचानकर चली आई थी। बोली, "सिर्फ मकान देखने गई थी।"

निरू सन्तुष्ट होकर चली गई। नीली के मन में किसी प्रकार के उद्वेग का कारण न रह गया। हिवेट रोड से लाटूश रोड, और क्रमशः कुमार बाबू के मकान के पास दीदी को लेकर खड़ा कर दिया, बोली, "यही है।"

"आवाज दे।" लज्जित स्वर से निरू ने उत्साह दिया।

नीली दरवाजा भड़भड़ाती आवाज देती रही। रामचन्द्र ने आकर दरवाजा खोल दिया और निरू को देखकर भीतर बुलाए बगैर माँ के पास खबर देने के लिए दौड़ा गया। भीतर जाने की यह मुमानियत नहीं, बल्कि बड़ी आवभगत है, यह निरू उसी वक्त समझ गई और धीरे-धीरे लज्जिता नववधू की तरह पैर रखती बढ़ती रही, तब तक देवी सावित्री आ गयीं और बँगला में 'आओ-आओ' कहकर हाथ पकड़कर बड़े स्नेह से भीतर ले चलीं। नीली आँगन में पहुँचकर रामचन्द्र से आलाप-परिचय करने लगी। रामचन्द्र के गाँव से लखनऊ का जो फर्क है, उसी हिसाब से अपने को श्रेष्ठ नागरिक मानकर पूछा, "लखनऊ कैसा है ?"

रामचन्द्र नीली से दबनेवाला न था। स्वर की पहचान करते उसे दिक्कत न हुई। बोला, "कलकत्ते के मुकाबले कूड़ाखाना।"

निरू ने देखा, छोटा पर सुघर घर है, हवादार, दोमंजिला। इसके गृहस्थ की, साधारण अवस्था होने पर भी कलाप्रियता स्पष्ट है, इसकी प्रत्येक सजावट कहती है। सारी चीजें कायदे से रखी हुई—देशी-विलायती फूलों के गमले बरामदे में; पलँग, बिस्तर, कपड़े साफ।

देखती हुई नीरू ने पूछा, "माँ, यह सब आपका सजाया हुआ है ?" शुद्ध हिन्दी में निरू ने पूछा—सावित्री देवी के साथ दोमंजिले के सोनेवाले

कमरे में मकान देखकर जाती हुई।

"नहीं, माँ, मेरे आने से पहले सजावट के सामान कुमार ने ले रखे थे। घर की चीजें ले आकर मैंने सुथरे ढंग से लगा दी है।" सावित्री देवी स्नेह से देखती हुई बँगला मिले सम्बोधन से हिन्दी में बोलीं। बिछे पलँग पर हाथ पकड़कर निरू को बैठाती हुई, "यह कुमार का पलँग है," कहकर परीक्षा की दृष्टि से देखने लगीं।

बैठी हुई लज्जित निरू सप्रतिभ हुई कुमारी-कंठ से बोली, "अब आपको बड़ा कष्ट होता है। गाँव में कितना काम आप करती थीं। यहाँ कुछ सुबीता हुआ। पर कुमार बाबू की शादी आप क्यों नहीं करतीं ?"

उन्हें अपने समाज में लड़की मिलना मुश्किल है, इस भाव को दबाकर सावित्री देवी ने कहा, "कुमार होश सँभालकर अपनी इच्छा से चल रहा है। इसके विलायत जाने में उसके पिता की राय न थी। उसे खिन्न देखकर मैंने समझाया। जो कुछ थोड़ा-सा था भविष्य के अवलम्ब के रूप में, वह कई साल कुमार के विलायत रहने पर खर्च हो गया। फिर उसके लौटने पर जो मुसीबतें आयीं, वे तुम्हें मालूम हैं। और अब मेरी रुचि का तो रहा नहीं, जैसा समझेगा, करेगा।"

"लेकिन दुनिया में दूसरे की रुचि भी देखनी पड़ती है। अगर किसी को..." निरू एकाएक रुक गई, जैसे उसके बनाते-बनाते विषय स्वयं स्वतन्त्र होकर बिगड़ा जा रहा हो।

सावित्री देवी ने कहा, "हाँ, माँ, ठीक कहती हो, संसार में दूसरे की भी रुचि देखनी पड़ती है। अगर किसी को कुमार प्यार करता होगा, तो उसकी रुचि के अनुसार भी उसे चलना होगा। मेल के यही मानी हैं।"

"अच्छा, माँ, कुमार बाबू तो विलायत हो आए हैं, जरूर यहाँ उनके मन में मेम का रूप होगा। अगर वे मेम ले आएँ या किसी ऐंग्लो इण्डियन लड़की से शादी करें, तो आपको बड़ी अड़चन होगी ?" कहकर निरू मर्म में छिपी हुई सावित्री देवी को बड़ी-बड़ी आँखों से देखती हुई मुस्कुराई।

"अड़चन क्यों होगी, माँ ? पुत्र-कन्या का जिस पर स्नेह होता है, उसकी ओर स्वभावतः माँ की स्नेह-धारा बहती है, यदि उस धारा के काटने के क्षुद्र कारण न हुए।" सावित्री देवी बाजार से मिठाई, नमकीन मँगाने के पैसे निकालने चलीं, फिर बाहर जाकर रामचन्द्र को देकर अस्फुट शब्दों में जल्द ले आने के लिए कहकर भीतर आईं।

उनके कुर्सी पर बैठने पर निरू ने कहा, "माँ, मैं रामपुर की जमींदार

हूँ ! फिर भी जमींदारी की तरफ से आप पर जो अत्याचार हुए हैं—आपके बाग और जमीन बेदखल किए गए हैं—आपको दूसरी तकलीफें पहुँचाई गई हैं, इनका ज्ञान मुझे न था। इन सबके लिए आपसे माफी माँगने आई हूँ, आपने मुझे बुलाया था, फिर भी मैं आपके यहाँ नहीं आ सकी। दादा का कहना था कि दूसरे भी बुलाएँगे और जाना होगा, न जाना व्यवहार के विरुद्ध होगा।''

मलिकवा की माँ पान लगाकर ले आई। तश्तरी बगल में रख दी। निरू ने एक इलायची उठा ली और मलिकवा की माँ को देखकर दुखी होकर—गर्दन झुकाकर सोचने लगी।

''क्षमा क्या है, माँ ?'' मलिकवा की मृत्यु तथा अपने दुखों की स्मृति से गम्भीर होकर सावित्री देवी ने कहा, ''तुम्हारा था, तुम्हारा हुआ। ईश्वर जब स्नेह का धन—बुढ़ापे का सहारा भी माता-पिता से छीन लेता है, तब वैसे साधारण अधिकार के जाने का क्या क्षोभ ? मलिकवा की माँ को देखो !''

कुछ देर सहानुभूतिजनक मौन छाया रहा। मलिकवा की माँ खड़ी थी। आँखों से आँसू झरने लगे। वह बाजार चली गई।

''माँ, तुम्हें देखकर वह विचार मन में नहीं आता कि तुम दूसरे घर की हो। रामचन्द्र के लिए जो स्नेह तुम्हारा बहता है, उसी स्नेह का प्रवाह तुम्हारी दृष्टि से आता हुआ मैं अनुभव करती हूँ। तुम्हारी दृष्टि को मेरे सत्य और असत्य का पता अवश्य लग जाएगा,, और मैं बड़प्पन नहीं जता रही। यह तुम समझती हो और तुम्हारे सामने सदैव मेरा छुटपन ही तुम्हारा श्रेष्ठ दान-स्नेह प्राप्त करेगा। कुमार बाबू की रुचि में मैं बाधा नहीं डालती। पर रामचन्द्र की पढ़ाई के लिए हुई मेरी सेवा जो उन्हें मंजूर नहीं हुई, इसके क्या यही मानी नहीं कि मुझे समझाया कि रामचन्द्र पर उन्हीं का अधिकार है ? खैर, मैं उनके अधिकार पर हस्तक्षेप नहीं करना चाहती; सिर्फ कहना चाहती हूँ कि मेरा जो अधिकार था, उसका मैंने भी उचित प्रयोग किया है—आपके बाग और खेत ज्यों-के-त्यों आपके होंगे; जमींदार ने उन पर से अपना कब्जा उठा लिया है। आप कहें तो बाग की हैसियत जो नहीं रही, ठीक करा दी जाए।''

सावित्री देवी स्नेह से पूर्ण हो मधुर स्वर से बोलीं, ''माँ, तुम्हारी सहानुभूति दूसरे को ठीक नहीं समझती है, मुझे उसकी पहचान है; पर यह ठीक नहीं, गाँव में सभी तुम्हारे हैं, सबके लिए तुम्हारा एक ही भाव होना

चाहिए। दूसरे इससे दुःखी होंगे। कानूनन वह सब तुम्हारा है। मुझे मिलना होता तो कानूनन तुम्हीं मिली होती।'' सावित्री देवी ने सीधे विचार से कहा।

निरू हृदय की गहनता में निश्चल थी, स्वल्प लज्जित हो गई।

अपने को कुमारी रूप से फिर सँवारकर बोली, ''मलिकवा की माँ को तीन बीघे माफी देने का प्रबन्ध मैंने कर दिया है। वह जब तक जिएगी, खाएगी, मैं आपसे और कुछ कहना चाहती थी, आपने पहले ही मुझे चोट पहुँचाकर निराश कर दिया।''

''चोट नहीं, मैं कायदे की बात कर रही थी, पर तुम्हें दुख पहुँचा हो तो मैं कहती हूँ, जैसा तुमने दावा पेश किया है—रामचन्द्र पर तुम्हारा वैसा ही अधिकार है जैसा कुमार का। तुम्हें जो कुछ देना है, रामचन्द्र को दो, मैं उसे लेने के लिए कहूँगी और उसे तुम्हारी दी वस्तु-सम्पत्ति लेते हुए खुशी होगी—मैं जानती हूँ।''

प्रसन्न होकर निरू मुस्कुराई, कहा, ''बाग और खेत तो हुए ही रामचन्द्र बाबू के। आपके दो मकान भी कानपुर में हैं ?''

''हाँ,'' कुछ व्याकुल होकर सावित्री देवी ने कहा, ''कुमार की पढ़ाई के खर्च में रेहन किए गए थे।''

''हाँ, महाजन को रुपए की जरूरत है; मैं रुपए देकर रजिस्ट्री खरीद रही हूँ। वे मकान भी रामचन्द्र बाबू को मिलेंगे।''

सावित्री देवी सविस्मय मुँह की ओर ताकती रह गईं। इसी समय मलिकवा की माँ कुछ पूछने के लिए सावित्री देवी को बुलाने आई। उन्होंने संयत प्रसन्नता से पूछा, ''मलिकवा की अम्मा, पहचानती हैं, गाँव की मालकिन हैं।''

मलिकवा की माँ ने सिर हिलाकर सूचित किया कि पहचानती है।

मुस्कुराकर सावित्री देवी ने कहा, ''तीन बीघा माफी तुझे इन्होंने दी है; माथा टेककर पैरों पड़।''

मलिकवा की माँ विक्षिप्त आश्वासन से हँसकर उसी तरह पैरों पड़ी। उसी समय बाहर गया हुआ रामचन्द्र आया और दो मंजिल के आँगन से माँ को आवाज दी। नीली रामचन्द्र के साथ रह गई थी।

बीस

कमल भीतर कपड़े बदल रही थी, बाहर कुमार प्रतीक्षा करता हुआ। नए-नए सम्बन्ध की घनिष्ठता की डोर कमल के स्नेह-कर में जो थी, कुमार उससे बँधता जा रहा था—उसने बुलाया था, वह गया हुआ है। यद्यपि कुमार पहले से प्रकृति का पूरा स्वतन्त्र था, फिर भी इधर की परिस्थिति ने उसके लिए लक्ष्य-विशेष नहीं रखा। कमल सजकर बाहर निकली और कहा, "बड़ा अच्छा मौसम है, है न ?" नीचे-ऊपर देखती हुई।

कुमार ने भी नीचे-ऊपर देखा और कहा, "हाँ, आकाश और पृथ्वी दोनों का पेट भरा हुआ है, इसलिए हँस रहे हैं।"

चलती हुई कमल बोली, "आप लिखें तो सैटायर बहुत अच्छा लिख सकते हैं; आपको किसके सैटायर पसन्द हैं—ड्राइडन के ?"

"बहुत हैं," गम्भीर शिक्षक के कंठ से कुमार ने कहा, "आजकल तो ब्यूटी सैटायर की ही हो रही है। शा की सारी बिट सैटायर में लगी है। तुम्हारी बँगला में इसके कई अच्छे लेखक हैं; रविबाबू के सैटायर तो बड़े ही साफ उतरते हैं।"

"आप बँगला-साहित्य की भी जानकारी रखते हैं !" चकित होकर

कमल ने पूछा।

"हाँ, मैं वहीं इतना बड़ा हुआ। शिक्षा भी वहीं पाई, ग्रेजुएट मैं वहीं—कलकत्ते का हूँ। बँगला मेरी वर्नाक्यूलर थी। मैंने कुछ अच्छी ही तरह बँगला-साहित्य पढ़ा है।" शिष्टाचारपूर्वक मन्दोच्चारित शब्दों में कहा।

अपनी एक खास कल्पना पर जोर देती हुई उल्लसित होकर कमल ने पूछा, "आप बँगला गाते भी होंगे ?"

"हाँ," सोचकर खुश करने के अभिप्राय से कुमार ने कहा, "पर गाना तो तुम लोगों का है, यानी स्वर जिन्हें स्वर्गीय दान के तौर पर बारीक मिला हुआ है, पुरुषों का गाना तो...बात यह है कि ईश्वर ने स्त्रियों के कंठ में वीणा बाँधकर उन्हें पृथ्वी पर उतारा है और पुरुषों के गले में हण्डी।"

"आप शायद कहें—डूब मरने के लिए ?" तिर्यक दृष्टि से कुमार को देखती हुई कमल ने चोट की।

"नहीं, स्त्रियों की तारीफ करने के लिए।" गम्भीर होकर कुमार ने कहा।

कमल लज्जित हो गई।

कुमार ने पूछा, "तुम तो गाती होगी, कमल ? मुझे भी अपना गाना सुनाओ एक दिन।"

"अच्छा, लौटकर आज हमारे यहाँ खाना खाइए। आपको खाने में परहेज जरूर न होगा ?"

दोनों बातें करते हुए जा रहे थे। रास्ते में कुछ बंगाली खड़े थे। दो-एक कमल को जानते थे। यों उसके पहनावे और चाल-ढाल से जाहिर था कि वह ब्रह्मसमाज की है, बंगाली हिन्दू-समाज के थे। कुमार के साथ कमल को देखकर मुस्कुराए और आपस में बातें करने लगे, जैसे सुनाकर, "कोई कौम छोड़ेंगी नहीं ब्रह्मसमाजी छोकरियाँ।"

"छः महीने हुए, एक ने रावलपिण्डी के सिक्ख से शादी की।"

"हाँ, हाँ, शादी के दूसरे दिन, ऐसा मन्त्र फूँका कि उसने बाल-वाल सब कटा दिए और बंगाली ढंग से धोती पहनकर निकला।"

"अब देखो, काबुल और ईरान पहुँचती हैं।"

दोनों सुनते हुए निकल गए। कुमार गम्भीर, कमल मुस्कुराती हुई। बढ़कर कमल ने पूछा, "आपकी समझ में आया कुछ ?"

"हाँ, क्योंकि मैं काबुली या ईरानी नहीं हूँ; पर नहीं समझ में आता कि ब्रह्मसमाज का यह विश्वप्रेम काबुली और ईरानियों को कैसे समझाएगी

तरुणियाँ।"

कमल लज्जित पग चलती गई। सोचकर कहा, "यहाँ आपका अनुमान भी काम नहीं करता। कहते हैं, कवि लोग कल्पना में समझ लेते हैं सारी बातें। आप कवि होने की कोशिश कीजिए।"

"तुम समझी नहीं। मैं कहता हूँ कि कवि होकर मैं जैसे समझ गया; पर तरुणियों का मतलब समझनेवाले ये अफगानी और ईरानी भी कवि होते हैं ?"

कमल को जैसे भरपूर किसी ने गुदगुदा दिया। प्रसन्न हँसकर बोली, "आपने थिएटर में पार्ट भी किया है, जान पड़ता है। कम-से-कम कॉलेज में ड्रामा जरूर खेले होंगे।"

"ड्रामा भी खेले और सजीव एक्टिंग भी दिखाई, तुम देख चुकी हो। ईश्वर की कृपा पहले से मुझ पर ऐसी है कि जितने कदम उठाए, सब पीछे की ओर शुमार किए गए।"

कमल समझी। हृदय में दुख की छाप पड़ते ही बात बदल दी; कहा, "आप ईरानियों की कविता समझने की बात कर रहे थे ? आप यह तो जानते हैं कि पेड़ों की भाषा और मेघमाला की भाषा भिन्न है; पर पेड़ों की प्यास, उनका आकर्षण मेघमाला समझती है और आर्द्र होकर उन पर स्नेह-सिक्त धारा बरसाती है। मरुभूमि के लिए उसका यह नियम नहीं।"

"हाँ, मैं समझा; पर यह जरूर कहूँगा कि काबुली-हृदय की प्यास बुझानेवाली कल्पना में काव्य-रस अधिक है।"

"वे गँवार हैं। हम लोगों को बनाया करते हैं। ब्रह्मसमाज का मुकाबला करें, देर है। आज भारत के सर्वश्रेष्ठ पुरुष, हर विषय के सर्वोत्कृष्ट योग्य..."

बीच में बात काटकर कमल को उत्तेजित जान, कुमार ने कहा, "इसमें क्या शक है ! काव्य, विज्ञान, दर्शन, इतिहास, राजनीति—यहाँ तक कि सम्पादकत्व में भी ब्रह्मसमाज सबसे आगे हैं।" मन में कहा, 'इसी तरह प्रेम में भी बढ़ गया, तो क्या बुरा हुआ ?' खुलकर कहा, "यह मेरा घर है।"

कमल बोली, "आपका घर देखूँगी। आपकी माँ हैं, मिलूँगी उनसे, आइए," कहकर जीने से खटाखट चढ़ती हुई गई। पीछे-पीछे कुमार, दो मंजिल पर गई। निरू जलपान कर बैठी थी। देवी सावित्री, कुमार आ रहा है, जानकर बैठी रहीं। निरू को देखकर एकाएक खुशी से उद्वेलित हो, "अच्छा, तुम भी हो," कहकर, मन्दस्मित हाथ जोड़कर सावित्री देवी को

नमस्कार किया। कुमार के पढ़ाने की खबर सावित्री देवी को मालूम हो चुकी थी। उठकर अपनी कुर्सी पर कमल को बैठाया। कुमार भी आ गया। परिचय करा दिया। पर कुमार के गले में उसका साधारण स्वर न था। सावित्री देवी ने एक बार निरू को देखा। उसे निष्पलक अपूर्व भाव से कुमार को देखते हुए देखकर रामचन्द्र को आवाज दी। रामचन्द्र नीली के साथ छत पर खेलता हुआ बातें कर रहा था। माँ से दूसरे कमरे से कुर्सी ले आने की आज्ञा सुनकर उतर आया और कुर्सी लेने गया।

कुर्सी पर कुमार को बैठने के लिए कहकर सावित्री देवी पलँग पर निरू के एक बगल में बैठ गईं। नीली भी उतर आई और रामचन्द्र के साथ बाहरवाले बरामदे से देखने लगी।

"माँ, इन्हें ही पढ़ाने के लिए नियुक्त किया गया हूँ। श्रीकमल सुषमा चटर्जी इनका नाम है।" आदर के स्वरों में कुमार ने माँ से कमल को परिचित किया।

कमल की बिलकुल खुली हुई, निस्त्रास, हवा-हवा पर उड़ती हुई जलभारानत मेघमालावली प्रकृति के सामने सावित्री देवी एक अज्ञात दबाव से जैसे संकुचित हो गईं। उनके गृहस्थ जीवन में वैसी प्रकृति का परिचय न हुआ था। उनकी परिचित बंगाली समाज की महिलाओं का गृह की सीमा में ही कुशल, क्षिप्र, शिक्षित और उन्नत रूप था। ब्रह्मसमाज का नाम वे सुन चुकी थीं, और दूसरी बंगाली महिलाओं की तरह शिष्ट भाव से उन्हें ब्रह्मज्ञानी कहती थीं। उनके मन में निरू शिक्षित लड़कियों की चरम विकसित रूप थी। बिलकुल मेम या मिस का स्वभाव उनकी प्रकृति पर एक अज्ञात दबाव छोड़ता था, जैसे उनकी संस्कृति की वह रूप-रेखा नारी-स्वभाव के प्रतिकूल मालूम देती हो ! अपने में समाई हुई मधुर क्षीण स्वर से बोलीं, "मैंने अनुमान कर लिया था।"

क्षणमात्र देर किए बिना, जैसे पहले से घनिष्ठ परिचय रहा हो, ऐसे स्वर से कमल ने पूछा, "इससे आपका कैसा परिचय है ?"

"ये मेरी मालकिन हैं।" सावित्री देवी मधुर मुस्कुराईं।

इससे कमल की शंका निवृत्त न हुई। वैसे ही खुली आवाज में पूछा, "आपके मकान का किराया वसूल करनेवाली ?"

निरू जल उठी, पर बैठी रही। कुमार की माँ को देखती आँखें मुस्कुरा दीं।

"नहीं," सावित्री देवी ने कहा, "हमारे गाँव की जमींदार। पहले इनके

पिता थे, अब ये हैं,'' कहकर स्नेह से निरू को देखने लगीं।

कुमारी-गाम्भीर्य की स्वर्गीय महत्ता से निरू मौन थी। रह-रहकर एक विशेष भाव से कुमार को देख लेती थी।

बहुत-सी बातें कुमार के मन में उठीं; पर दम साधे बैठा रहा। निरू ज्यों-ज्यों गम्भीर हो रही थी, कुमार चंचल। जब से आया, सम्वर्धना का शब्द नहीं निकला, सोचकर, त्रुटि से बचने के लिए, बहुत कुछ अपने को सँभालकर कहा, ''बड़ी कृपा हुई जो यहाँ आने का कष्ट स्वीकार हुआ आपको,'' कहकर मन में सोचा, जैसे त्रुटि हो गई।

निरू कुछ न बोली। सावित्री देवी कमल की अभ्यर्थना के विचार से उठकर दूसरे कमरे की ओर मन में एक निश्चय से प्रसन्न होकर चलीं कि कमल ने निरू से कहा, ''तुम तो ऐसी मौन हो जैसे ससुराल आई हो।''

''इन्हें पश्चात्ताप है,'' कुमार ने कहा।

कमल एकाग्रता से कुमार को देखने लगी।

कुमार कहता गया, ''एक रात बगैर पहचाने मुझे 'गोरू' कह दिया था।''

कमल खिलखिलाकर हँस दी।

कुमार कहता गया, ''कुछ चिढ़ गई थीं, हालाँकि कसूर मेरा न था। जैसाकि मैंने अभी-अभी कहा है, उसी स्वर से गा रहा था। लिहाजा गाने में एक हक मेरा था। बाद को ये गाने लगीं। इनके मधुर स्वर के आगे मुझे अपना स्वर भूल गया। रास्ता भूला राही जैसा मैं इनके अगियाबैताली स्वर के पीछे-पीछे चला।''

निरू पहले की तरह चुपचाप प्रतिमा-सी बैठी रही।

कमल जानती थी कि निरू अच्छा नहीं गाती। समझी, यह उस पर मजाक है। खुशी से भरी हुई, पूछा, ''फिर ?''

''फिर ये अपने सत्य रूप से प्रकट हुईं और मुझे रास्ता बता दिया।''

इसी समय तश्तरी में जलपान सजाकर सावित्री देवी आईं और कमल की बगल में खड़ी हुईं। उनके पूछने से पहले ही वह ढंग देखकर जलपान उसी के लिए लाया गया है, समझकर कमल ने कहा, ''मैं इस वक्त जलपान नहीं करूँगी, आप ले जाइए।''

सावित्री देवी लौट गईं।

मलिकवा की माँ पान ले आई। ''मैं पान नहीं खाती,'' कहकर कमल ने एक इलायची उठा ली, फिर निरू से सस्नेह, उसी सखी भाव से कहा,

"हम लोग टहलने निकले हैं, लौटकर मेरे घर चलो, डॉक्टर साहब गाना सुनेंगे।" कमल ने स्वर से समझा दिया कि मैं भी गाऊँगी। अगर उस दिन कोई कसर रह गई हो, तो पूरी कर लेना।

पर निरू ने निमन्त्रण स्वीकार न किया। मन में एक अशान्ति एकाएक पैदा हो गई थी। बहुत सँभलकर, जैसे कहीं से भी न खुले, कहा, "नहीं, कमल, मुझे फुर्सत न होगी।"

नीली एकटक, खड़ी हुई, कमल को देख रही थी। कुमार के लौटने पर निरू का हाल कहने का विचार कर सावित्री देवी कमरे में आईं कि निरू उठी और हाथ जोड़कर प्रणाम किया। कुमार और निरू के सम्बन्ध का स्वल्पमात्र कारण सावित्री देवी को जितना दृढ़ बाँध सकता था, बाँध चुका था; इसलिए निरू के प्रति उनकी वैसी स्नेहधारा उसके दर्शन मात्र से प्रवाहित हो चलती थी। हाथ पकड़कर "हमें फिर तुम्हें जल्द देखने की प्रतीक्षा रहेगी," कहकर साथ-साथ नीचे उतरीं।

नीली एक दफा कमल को असह्य दृष्टि से घूरकर बहन के साथ हो ली।

कमल इस वैषम्य का जैसे कोई कारण न समझ पाई, ऐसी दृष्टि से निरू की ओर देखती रही। कुमार चुपचाप बैठा रहा, जैसे यह सब अन्धकार हो, इसके भीतर दृष्टि साफ हो ही नहीं सकती, समझ रहा हो।

सावित्री देवी के लौटने पर शिष्टाचार के विचार से कुछ देर तक बैठी साधारण बातचीत कर, रामचन्द्र की ठोढ़ी हिलाकर कुमार को लेकर कमल घर लौटी।

इक्कीस

"नीली !" उधर से जाती हुई नीली को योगेश बाबू ने बुलाया।

मार्ग में बाधा पाकर पिता को देखकर नीली टेढ़ी होकर आँखों से स्नेह बरसाने लगी।

"सुन।" भावभरे गुप्त मन्त्रणा के स्वर से पिता ने बुलाया। नीली गई।

योगेश बाबू ने पास बुलाया, और हाथ पकड़कर बिलकुल, नजदीक बैठा स्नेह-स्वर से कहा, "तू बड़ी बदमाश हो गई है।" पीठ पर हाथ फेरने लगे। कहा, "कल तुझे खोजा कि बाजार ले जाएँ, बड़ी मोटर, रेलगाड़ी और फुटबॉल खरीद दें, रन्तु तू मिली ही नहीं।" फिर अभ्यस्त आलोचक की दृष्टि से देखते हुए नली मुँह से लगाकर मन्द-मन्द खींचा।

"मैं दीदी के साथ गई थी," नीली ने कहा।

"कहाँ ?"

"कुमार बाबू के घर।"

योगेश बाबू का जैसे योग भंग हो गया; पर आसन पर सिमटकर नली फिर हाथ में लेकर बड़े स्नेह-स्वर से पूछा, "फिर ?"

नीली ने दानवाली कथा न सुनी थी। बोली, "कुछ नहीं, फिर कुमार

बाबू की माँ ने जलपान कराया; इसके बाद कुमार बाबू कमल के साथ आए। फिर दीदी चली आई।''

''फिर कुमार से कुछ कहा था तेरी दीदी ने ?''

''नहीं, कुमार बाबू ने दीदी के लिए कमल से कहा था कि इन्होंने एक दिन मुझे 'गोरू' कहा था।''

''ठीक कहा था। बुला तो अपनी दीदी को।'' फिर डटकर, दृढ़प्रतिज्ञ होकर नली मुँह में लगाई।

निरुपमा आई और सँभलकर एक बगल बैठ गई।

योगेश बाबू देखकर हँसे। कहा, ''यामिनी कह रहा था, मुझे चिट्ठी का जवाब निरू ने नहीं दिया।''

''उस चिट्ठी का क्या जवाब था, कुछ मेरी समझ में नहीं आया।'' निरू सिर गड़ाए नाखून खोटती रही।

योगेश बाबू हँसे। ''यह तुम्हारे लिए उचित ही हुआ है। घर कौन-सा है ! लोग कितनी बातें कह गए। हमने कहा, 'कुत्ते हैं कुत्ते, भूकने के सिवा जानते क्या हैं ?–निरू किस माँ की लड़की है, यह मैं जानता हूँ।''

निरू हृदय से डरी, साहस बाँधती हुई भी कमजोर पड़ती गई, मामा की जानकारी पर अनेक प्रकार की भावनाएँ आने-जाने लगीं।

योगेश बाबू आप ही सोचकर हँसे। बोले, ''वह। हिन्दुस्तानी ! भ्रष्ट कहीं का ! आवारा ! विलायत में कितने चमार डॉक्टर हैं। डॉक्टर होने से कोई किला नहीं फतेह कर लिया। समाज में किस तरह रहना चाहिए, ज्ञान नहीं। अकेले आकाश पर जाएँगे। भले-भले एम.ए. हो गए थे, भले आदमियों से मिलते, जगह मिल जाती छोटी-मोटी, खाते-पीते मजे में रहते ! नहीं, आसमान-आसमान चलने लगे ! जो कुछ था उड़ गया। अपने भी पराये हो गए। कोई पानी छुआ नहीं पीता, वह कोई बुद्धिमानी है ? जब समाज में मिलने की ताकत नहीं, तब उतना ही बढ़ो जिससे मिले रहो।'' योगेश बाबू सोचकर जोर से हँसे, ''अब मिला भी वैसा ही समाज; बाप चटर्जी, माँ चमारिन। लड़की ?'' निरू, को स्नेह से देखकर, ''निरू हम कहते हैं–यह संसार है; इसमें सब तरह के जीव हैं। कितने बहते हैं। दूर से देखना चाहिए; छूना महापाप। देखो, अब दोनों कहाँ जाते हैं। बात यह कि जो जैसा होता है, उसे वैसा ही मिलता है। कमल की माँ का हाल तू तो जानती नहीं, हम जानते हैं। हमारी तो इच्छा नहीं थी कि कमल घर आए। पर अब दूसरी हवा है, हम लोग बचकर निकल जाएँगे, यह सोचकर हम चुप थे,'' कहकर गम्भीर

भाव से कश खींचने में तल्लीन हुए।

निरू के हृदय को चोट पहुँची। कुछ न बोली। कुमार और कमल का सम्बन्ध स्थायी होगा, यह सोचकर सँभलने लगी। पहले उसने गलत सोचा था। मामा का विरोध ठीक नहीं। और भाग्य की बात जो हिन्दू घराने में प्रचलित है, वह ठीक है। कुमार, मुमकिन है, सही हो; पर कुमार की ओर बढ़ती हुई उनकी मनोवृत्ति ठीक नहीं। उसके लिए कुमार के स्वर में सुहृदयता नहीं—कैसा कहा, पहचाने बगैर 'गोरू' कहा था ! सोचती हुई थकी स्वर को भक्तिपूर्ण करके पूछा, "मामा, आपने मुझे बुलाया क्यों है ?"

"वह बात भूल गई थी। इस वक्त यामिनी ने आने के लिए कहा है, रुपयों के लिए। पहले कई बार टाल चुकी हो, शायद मजाक में यामिनी को हैरान करने के लिए—क्यों ?"

नौकर ने खबर दी, "यामिनी बाबू आए हैं।"

"ले आओ," कहकर योगेश बाबू निरू की ओर देखकर बोले, "बड़ी उम्र है यामिनी की—मैंने पहले सब ग्रह-नक्षत्र विचरवा लिए थे, मुझे किसी ओर से धोखा दे जाना मजाक नहीं, मैंने कहा और सब बाद को होगा—पहले देख लिया जाए कि हमारी निरू दीर्घकाल तक सुखी तो रहेगी।"

यामिनी बाबू के आने की आहट मिलने पर वृद्ध गम्भीर हो गए, निरू ज्यों-की-त्यों शुभ प्रतिमा-सी निश्चय और अनिश्चय की कल्पना की डोर छोड़कर, अपने भाग्य-चक्र को आलोचिका की दृष्टि से देख रही थी। बह जहाँ बैठी थी, वहाँ से खुला आकाश अपनी असीमता लिए हुए देख पड़ता था। वह समझ रही थी कि दृष्टि को घेरे में उतना आनन्द नहीं, जितना मुक्त आकाश के दर्शन में है, जैसे दृष्टि आकाश में अपनी असीमता प्राप्त कर अपने स्वरूप-दर्शन का आनन्द पाती हो। सोच रही थी कि फिर छोटे-छोटे बन्धनों से मनुष्यों की इतनी प्रीति क्यों है।

इसी समय यामिनी बाबू आए। आकाश ताकती हुई नलिन-आँखों की नवीन कान्ति को एक मुग्ध दृष्टि से देखकर योगेश बाबू को प्रणाम किया। योगेश बाबू के आशीर्वाद देने के समय निरू ने आँख फेरी और यामिनी को देखकर उठने को हुई कि योगेश बाबू ने कहा, "बैठो, अभी काम है।"

निरू की भावना प्राकृत कविता में बदलने के विचार से यामिनी बाबू बोले, "आसमान ताकने के दिन अब नहीं रहे। अब तो वायुयान तैयार हो गए हैं और लखनऊ के आकाश में मँडलाया भी करते हैं—दर्शकों को लिए हुए।"

"क्यों निरू, वायुयान पर चढ़कर आकाश में ही रह आओ कुछ देर !" योगेश बाबू ने हँसकर सम्मति दी।

निरू का भाव दूसरे समझ गए, पहले सोचकर लजा गई, फिर लज्जा को अपमान जानकर सिर उठाकर कहा, "अच्छा तो है, एक दिन चला जाए, नीचे से ऊपर ताकने की जरूरत ही न रह जाएगी—आप ईश्वर से दो बातें करके पूरा समझौता कर लीजिए।"

बातें योगेश बाबू से कही थीं। दूरदर्शी वृद्ध पहले चौंके। पर भांजी को हँसती हुई देखकर मजाक करती समझकर कहा, "यह है कि स्वर्ग में नन्दनवन, पारिजात, देवदूत और इन्द्र की अप्सराएँ भी हैं और यमराज भी। तुम लोगों का जाना नन्दन-विहार है और हमारी यमराज से मुलाकात होगी।"

डॉ. यामिनी बाबू वृद्ध की साहित्यिकता पर मुस्कुराए। वृद्ध ने भाव बदलकर कहा, "रुपए के मामले में तुम्हारा और इसका टग-ऑफ-वार जो चला, उसमें तुम्हारी हार हुई—क्या कहते हो ?"

"जी हाँ, हार तो मेरी हर तरह है।"

"तो तुम स्वयं इससे प्रार्थना करो, जिससे इसे कर्ज लेना मंजूर हो। और वह जो कहा था, वह भी हो जाना चाहिए।"

यामिनी बाबू बड़े दूरदर्शी थे, रुपए के मामले में। यह रुपया वृद्ध मजे में निरू के सिर हाथ फेरकर ले रहे हैं, वे समझते थे; पर बचाने पर सदा के लिए वंचित रहना पड़ता था। निरू की सम्पत्ति तीस-चालीस हजार रुपए के मुकाबले बहुत ज्यादा है। वृद्ध दूसरी जगह निरू का विवाह ठीक कर सकते हैं, यह सब सोचकर मंजूर कर लिया था। कानपुर में दूसरी जगह उन्हें रुपया मिल सकता था; पर सम्पत्ति के पुनः हस्तगत होने की सम्भावना उन्हें इधर प्रेरित कर रही थी। वृद्ध की ओर मुँह करके कहा, "मैं तो हाथ जोड़कर हार स्वीकार करता हुआ रुपयों की प्रार्थना करता हूँ।"

एक लम्बी साँस छोड़कर निरू ने कहा, "मैं तैयार हूँ। मामाजी जब और जिस तरह देंगे, लेकर दे दूँगी। मैं मामाजी की किसी इच्छा का विरोध नहीं करती।" जैसे किसी ने निरू का हृदय मसल दिया। पर धैर्य से बैठी रही। अनिच्छा ही संसार की इच्छा है, सोचती रही।

वृद्ध ने सुरेश को बुलाया।

बाईस

दिन का तीसरा पहर है। रामचन्द्र बाहर खेलने गया है। मलिकवा की माँ दुपहर के बरतन मल रही है। उसने अपने कर्त्तव्य का स्वयं निश्चय कर लिया है। देहात में अपनी जाति की रीति के अनुसार वह किसी के यहाँ का चौका-टहल नहीं कर सकती थी—ब्राह्मणों के यहाँ का भी नहीं, पर यहाँ यह सोचकर कि अब उसके आगे-पीछे कोई नहीं और ऐसे उपकारी ब्राह्मणों की सेवा से उसका परलोक सुधरेगा, करने लगी है। उसके लिए और काम भी न था कि क्षण-भर जी लगा रहता; इस तरह उसे आत्मा में सन्तोष होता कि वह अपनी मिहनत की कमाई खाती है, उसकी निगाह बराबरी लिए घर के लोगों से मिलती है। सावित्री देवी पान लगा रही है। मुख पर एक चिन्ता की रेखा खिंची हुई है।

कुमार आराम करके उठा। लोटे का ढक्कन खोलकर गिलास में पानी डाला। बरामदे के एक बगल चलकर मुँह धोया, फिर गिलास जगह पर रखकर तौलिए से मुँह पोंछने लगा। माँ निविष्टचित्त होकर पान लगा रही थीं, देखने लगा। देखते-देखते एक अव्यक्त करुणा से ओत-प्रोत हो गया। उसकी सम्पूर्ण स्वतन्त्रता माँ की दी हुई है, उसके मनोभावों की अनुकूलता

माँ ने की है, सब प्रकार तिरस्कृत होकर भी किसी प्रकार का अभियोग इन्होंने नहीं किया, आज जिस वेदना की छाप यह उनके मुख पर पड़ी हुई है उसका निराकरण करे, यह उसका परम धर्म है। वे किसी हार्दिक व्यथा से खिन्न हैं, कुमार पलँग पर बैठा हुआ सोचता और देखता रहा। माँ के दुःख के कारण की अनेक प्रकार से जाँच करते हुए उसने सोचा, हो-न-हो मेरे विवाह की याद कर सामाजिक मर्यादा से गिर जाने के कारण माँ को खिन्नता है। सामाजिक मर्यादा की कल्पना से उसे हँसी आ गई—कैसा ढोंग है ! और कोई कष्ट तो माँ को है नहीं, अब तो पहले की अपेक्षा काफी अच्छे दिन आ गए हैं। सोचता हुआ, अपने को संयत कर, जैसा उसका स्वभाव था, बोला, "मैं विलायत न गया होता तो अब तक तुम्हें कुछ कामों से छुट्टी मिल गई होती माँ।"

माँ पुत्र की बातचीत का ढंग पहचानती थी, समझकर, चिन्ताशीलता के भीतर से हँसकर बोली, "हाँ।"

"तुम्हें बहुत काम करना पड़ता है, अभी तक।"

"हाँ, मदद करनेवाली नहीं आई," कहकर पुत्र को प्रसन्न मुखच्छवि से देखती हुई सावित्री देवी पान लेकर उठीं।

"क्या करूँ, कोई मिलती ही नहीं, नहीं तो मैं आज घर में लाकर बैठा दूँ।"

माँ मारे आनन्द के रँग गईं। पान देकर प्रसन्न कंठ से बोलीं, "और जो मिलेगी वह मुझसे दूना काम लेगी।"

कुमार नहीं समझ सका कि माता ने कमल पर चोट की।

पुत्र के मुख पर छाई अज्ञता को पढ़कर, मुस्कुराकर, माता ने पूछा, "रामलोचन बाबू की लड़की को पहले-पहल तुमने कहाँ देखा था ?"

कुमार कुछ भावुक हो गया। कहा, "वह बड़ी लम्बी कथा है।"

वह लम्बी कथा इतने से माता के पास संक्षिप्त हो गई। उन्होंने समझ लिया, निरुपमा और कमल में कौन कुमार के मन के ज्यादा नजदीक है। बहकाकर कहा, "लम्बी कथा है। रहने दो। तुम्हें अभी कमल के यहाँ भी तो जाना है ?" अपनी प्रसन्नता को हृदय में छिपाकर माँ ने पुत्र को देखा।

"निरू क्या फिर आई थी माँ ?" कुमार ने ओजस्वितापूर्ण आग्रह से पूछा।

माँ उतनी ही सहज होकर बोलीं, "न, फिर तो नहीं आई।"

कुमार गम्भीरता से कपड़े पहन रहा था, इसी समय नीली और रामचन्द्र

कमरे में आए। कुमार को देखते ही मुस्कुराकर सावित्री देवी की ओर फिरकर ऊँचे गले से नीली ने कहा, ''दीदी का विवाह आज पक्का हो गया है, अगले सप्ताह सोमवार की रात को होगा।''

सुनकर सावित्री देवी जैसे कुछ चौंकीं, पर वह दूसरे की समझ में न आया। कुमार कुछ कह न सका। कपड़े पहनकर धीरे पदों से नीचे उतरा। कमरे में सन्नाटा छाया रहा।

धीरे-धीरे कुमार नीचे उतरा कि दरवाजे पर चिट्ठीरसा मिला। सावित्री देवी के नाम की एक चिट्ठी दी। माँ के नाम किसकी चिट्ठी हो सकती है, सोचता हुआ कुमार ऊपर चढ़ा। हस्ताक्षर पहचाने हुए नहीं मालूम पड़ रहे थे।

ऊपर कमरे के द्वार पर आकर माँ से कहा, ''आपकी चिट्ठी,'' कहकर पास खड़ी नीली को बढ़ा देने के लिए दे दी। नीली चिट्ठी हाथ में लेकर उस पर निगाह डालते ही खुश होकर चिल्ला उठी, ''दीदी की चिट्ठी है।'' मन-ही-मन उसने निश्चय किया, दीदी यामिनी बाबू से विवाह नहीं करेगी, कुमार बाबू से करेगी, इसलिए चिट्ठी लिखी है। यामिनी बाबू के प्रति मन से उसका पूरा विद्रोह था। खुलकर कह दिया, ''दीदी यामिनी बाबू को चाहती नहीं, बाबा जबरन विवाह कर रहे हैं।''

सुनकर खुशी के मारे सावित्री देवी को लिफाफा फाड़ना भूल गया और आनन्द के लिए बढ़ीं, उसी तरह हाथ में लिफाफा लिए पूछा, ''फिर दीदी तुम्हारी किसको चाहती है ?''

नीली कुमार की ओर देखकर मुस्कुराकर आँखें गड़ाकर रह गईं।

मारे लाज के कुमार का मुँह लाल हो गया। माँ के सामने ऐसी बेहयाई उससे कभी नहीं हुई।

उसे चिट्ठी देकर चला जाना था, वह खड़ा रहा, वह अवश्य चिट्ठी का मजमून जानना चाहता है। वह निरू के हस्ताक्षर भी पहले से पहचानता था, तभी नहीं गया। माँ यही सोचेगी, सोचकर और लज्जित होकर नीचे उतरने के लिए चला।

माँ ने लिफाफा फाड़ा था, चिट्ठी पढ़ी नहीं थी, मुड़ते देखकर कहा, ''ठहर जाओ जरा।''

कुमार खड़ा हो गया। चिट्ठी पढ़कर सावित्री देवी ने कुमार को पढ़ने को दी। लिखा है, 'माँ, आपके मकान मैंने खरीद लिये, विधाता की इच्छा से अगले सोमवार को मेरा विवाह है। विवाह हो जाने पर मैं रामचन्द्र के

नाम की लिखा-पढ़ी करूँगी, शायद इधर समय न होगा। आपकी स्नेह प्रार्थिनी–निरू।'

कुमार ने पढ़कर एक नशे में जैसे, धीरे-धीरे माँ को चिट्ठी बढ़ा दी, फिर धीरे-धीरे नीचे उतर गया।

कमरे में वैसा ही सन्नाटा छा गया। नीली कुछ समझ नहीं पा रही थी, केवल सन्नाटे का अनुभव कर चुप थी। रामचन्द्र रह-रहकर माँ की ओर देख लेता था।

सावित्री देवी फिर चिट्ठी पढ़ने लगीं। एकाएक निगाह एक धब्बे पर गई। एक अक्षर फैल गया था। 'यह स्याही की बूँद नहीं'–उन्होंने निश्चय किया, 'क्योंकि अक्षर फीका पड़कर फैल रहा है। बरसात के पानी की बूँद नहीं हो सकती। क्योंकि इसके पड़ने की सम्भावना तब है, जब पत्र पोस्ट कर दिया जाएगा, और इधर-उधर लाया-भेजा जाएगा या जब चिट्ठीरसा के हाथ में आएगा, यों कमरे में लिखते समय झरोखे के पास बैठने पर बूँद पड़ सकती है।' नीली पास खड़ी थी, कुछ आग्रह से पूछा, "तुम्हादी दीदी ने यह चिट्ठी कब लिखी, तुम्हें मालूम है ?"

"न," नीली निगाह से इस प्रश्न पर प्रश्न कर रही थी कि ऐसा क्यों पूछती हो ?

जरा ठहरकर सावित्री देवी ने फिर पूछा, "तुम्हारी दीदी पत्र कहाँ लिखती है ?"

"अपने कमरे में।"

"झरोखे के किनारे मेज है ?"

"नहीं, उनकी मेज दीवार के किनारे है।"

"दीवार के किनारे !" सावित्री देवी ने निश्चय किया, 'यह अवश्य आँसू है। किनारे हाशिए के पास है। दाहिनी आँख का है। बाईं का बाहर पड़ा होगा !' देखते-देखते गम्भीर हो गईं और पत्र पढ़ने लगीं अगर कुछ समझने लायक अभी छूट रहा है, सोचकर।

'विधाता की इच्छा से'–को कई बार देखा, मनन किया, एक निश्चय के साथ उनकी श्री प्रसन्न हो गई। नीली से बोलीं, "माँ, तू मेरी मदद करेगी ?"

नीली ने पूरी सहानुभूति से कहा, "हाँ।"

"किसी से कहना मत।"

नीली ने गम्भीर भाव से सिर हिलाया।

आश्वस्त होकर सावित्री देवी ने कहा, ''अपनी दीदी से कहना, रामचन्द्र की माँ ने तुम्हारा पत्र पढ़ा है, वे जब तक तुमसे न मिलेंगी, जल ग्रहण न करेंगी। कल अवश्य-अवश्य मिलें।''

नीली गम्भीर होकर बोली, ''मैं ले आऊँगी।''

तेईस

कमल ढलते दिन के कमल की तरह उदास बैठी है। हाथ में एक पत्र है, जिसे बार-बार देखती है। रह-रहकर बँगले के सामने सड़क की ओर एक ज्ञात आकर्षण से जैसे निगाह फेर लेती है। अभी दिन काफी है, पर प्रतीक्षा करते उसे देर हो गई। जी ऊब रहा है। एक बार पत्र को फिर पढ़कर झपट से भीतर गई और पैड ले आई। सोचती हुई चिट्ठी लिखने बैठी। क्या लिखे, किस तरह लिखे, कुछ समझ में नहीं आ रहा, केवल उत्तेजना बढ़ रही है। पत्र में घटनाचक्र ऐसा है, जो हर एक स्त्री-हृदय में पुरुष के प्रति विरोध भाव उभार देगा। ऐसी ही ओजस्विनी भाषा में वह उत्तर लिखने लगी। मुख्य बात यह है कि वह हर तरह पिता से मदद करने के लिए कहेगी, पर अच्छा यह होगा कि एक बार उसके घरवाले उसके पिता से आकर मिल जाएँ और फुर्सत हुई तो इस बीच में वह पत्र-लेखिका से साक्षात् करेगी। पता लिखकर चिट्ठी लिफाफे में बन्द कर दी और फिर सड़क की ओर देखा। कुमार आ रहा था, देखकर खिल गई। उठकर कुछ कदम आगे बढ़कर लिया। कुमार बिलकुल पास आ गया, तो उच्छ्वसित कंठ से बोली, "जनाब, यह दो का समय है ? चार बजने को पन्द्रह मिनट है, अब कानपुर तो हम लोग चल

चुके। चलें भी, तो बस जाना-आना होगा।"

कुमार कुछ ऐसी उधेड़-बुन में था कि उत्तर की नाप-तोलवाली हालत से परे था। जैसा साधारण भाव आया, कह दिया, "तो न हो, होटल में रह जाएँगे।" कुमार को न कानपुर जाने की आवश्यकता थी, न होटल में रहने की। कमल का प्रस्ताव था एक साथ जरा टहल आने का, उसने एक तरह कह दिया।

लज्जित होकर मुँह फेरकर कमल एक पूरे जोर की छिपी हँसी हँस ली। तब तक कुमार बढ़कर उसी कुर्सी पर बैठ गया, भीतर से बिलकुल दूसरे रूप का भरा हुआ।

कुमार के आज के भाव की ओर कमल दूसरे दिनों से अधिक आकृष्ट हो रही है। आज वह उसकी निगाह में और पवित्र और परिमार्जित मालूम दे रहा है। आज उसे देखकर उसके हृदय का स्नेह का फौव्वारा रुकना नहीं चाहता। आज उसमें न जाने कौन-सा आकर्षण है कि उसके संगमात्र से जैसे वह ऊपर उठती जा रही है और ऐसी जगह पहुँची है, जहाँ जड़ बन्धन का ज्ञान भी उसे नहीं रह गया, केवल आनन्द मान रही है।

एकाएक इस आनन्द के भीतर उद्‌भावना पैदा हुई, कहा, "चलिए एरोड्रोम, आकाश में उड़ आया जाए।" घंटी दी, नौकर से मोटर ले आने के लिए कहा। कुमार निर्विकार भाव से बैठा रहा। कमल ने सोचा, 'कानपुर जाना नहीं हुआ, इसलिए इनका दिल बैठ गया है।'

ड्राइवर ने गाड़ी सामने लाकर लगा दी। कमल सजी बैठी थी। कुमार से बैठने के लिए कहा। नौकर ने गाड़ी खोल दी। कुमार सामने ड्राइवर के पास बैठा। कमल लजाकर शिष्या की तरह भीतर बैठी, मन में एक प्रश्न उठता रहा, ये यहाँ बैठते तो छूत लगने की भी कोई बात थी ? चलते समय नौकर से कागज उठाकर रखने के लिए कह दिया।

गाड़ी चल दी। कमल अकेली बैठी रही। ऊपर एरोप्लेन के उड़ने की घरघराहट हो रही थी। कुमार कल्पना के नेत्रों से निरू का विवाह देख रहा था। रह-रहकर सुबहवाली सूरत, वह फूली लता के भुजों के भीतर का मुख, वह पीछे का सूर्यमंडल, वे एकटक काली-काली बड़ी-बड़ी आँखें याद आ रही थीं। उस दृष्टि का भाव याद आते ही एक अज्ञात दर्द उठता था। जब जूता-पालिश करने के लिए गया था, उस समय ज़िस तेजी में वह उसके सामने गई थी, जिस निरवरोध अपनाव से, उसे देखा था, भीतर से आज उसे पाने के वही भाव कुमार में उठ रहे है, पर हाय, यहाँ वह निरुपमा कहाँ,

यहाँ तो उसकी छाया है !

देखते-देखते एरोड्रोम आ गया। कमल उतर पड़ी। कुमार का दरवाजा खोल दिया। कुमार फिर भी बैठकर सोच रहा है। देखकर कहा, "Sir, Sleeping or thinking?" (जनाब, सो रहे हैं या सोच रहे हैं ?)

कुमार होश में आ सँभलकर, लज्जित होकर नीचे उतरा। एरोप्लेन अभी आकाश में उड़ रहा था। इसके बाद के जानेवाले गर्दन उठाए देख रहे थे। कमल कुमार के पास ही, एक प्रकार सटकर खड़ी थी, बोली, "काफी भीड़ होती है, हमें कुछ देर होगी शायद ?"

देखते-देखते एरोप्लेन उतरा। कमल और कुमार की आँखों में विस्मय था। निरू और यामिनी बाबू उतरकर उसी ओर बढ़ रहे थे। अभी इन्होंने न देखा था। निकट आने पर कुमार के साथ कमल को सरल आँखों से निरू ने देखा और आँखें फेर लीं। मुँह फेरने का भाव दोनों के हृदय में अंकित हो गया। कमल ने कुछ देर ठहरकर, निरू से मिलने की अपनी बढ़ती हुई इच्छा को रोककर यामिनी बाबू को देखा, जैसे मनुष्य किसी कीट को देखता है। उसके साथ कुमार की जल्द होनेवाली शादी के भाव को उपेक्षा की दृष्टि से उल्लंघन कर जैसे यामिनी बाबू ने कुमार को देखा। तब तक बिलकुल नजदीक आ गए थे। उपेक्षा के स्वर से कहा, "अब जूता पालिश करना छूट गया जान पड़ता है।"

वैसी ही उपेक्षा से कुमार ने कहा, "हाँ, तुम्हें उतनी शिक्षा देनी थी, वह दे चुका।"

"बाकी जितनी रह गई है, वह मैं पूरी कर दूँगी।" कमल ने कहा।

यामिनी बाबू झेंप गए। कुछ मतलब न समझे। तरह-तरह के अर्थ करने लगे। मतलब कोई नहीं समझा, पर निरू खुश हुई, यद्यपि भीतर से अप्रसन्न रही और यामिनी बाबू के साथ खुश आकर कुमार को अप्रसन्न करने की न सोची। एक बार ललित दृष्टि से कमल को देखा, जिस लालित्य में शृंगार नहीं, करुणा थी, बेबसी का बयान था।

आज कमल सब कुछ समझी, यदि कुमार के लिए उसके भीतर प्यार न होता, तो कमल को देखकर उस तरह वह आँखें न फेर लेती। अगर यामिनी को चाहती होती तो भी नहीं। खुलकर पहले कही बात को याद दिलाना चाहा कि मैंने पहले तुमसे पूछा था और मैं अब भी वही हूँ। तुम्हें बहुत बड़ा भ्रम हुआ है, पर वहाँ खड़े इक्के-दुक्के आदमियों की तरफ ध्यान गया, फिर यामिनी बाबू के लिए भी सोचा कि कुछ-का-कुछ सोच लेंगे,

मुमकिन, दर्द पर हाथ जाए, यह अच्छा नहीं। सोचकर, कुमार का साथ छोड़कर, यामिनी बाबू के संग बढ़ती हुई निरुपमा को एक बगल से बुलाया। निरू चलने को हुई, तो यामिनी बाबू ने स्नेह से कहकर रोका, ''हमें अब जल्द चलना चाहिए, निरू और भी तो बातें हैं।''

''हाँ, जरा बात सुन लूँ।'' सलज्ज कहकर निरू कमल की ओर चली। एक साथ होकर दोनों एकान्त की ओर बढ़ती चलीं।

''निरू !''

निरू एकाग्र हुई, पर कुछ कह न सकी।

''एक बार और मैंने तुमसे पूछा था, पर तुमने उत्तर नहीं दिया, टाल दिया था। मेरी इच्छा होती है, अब मैं भी टाल जाऊँ और अच्छी तरह तुम्हारा सर्वनाश देख लूँ।''

निरू काँप उठी। त्रस्त स्वर से कहा, ''मैं समझ नहीं सकी।''

''तुम जितना समझती थीं, मैं उतना ही तुमसे पूछ रही थी। अगर उतना ही तुम बता देतीं, तो आज इतने बड़े हास्यास्पद नाटक का तुम्हें पार्ट न अदा करते रहना पड़ता।''

यह इतनी सहृदय बात थी कि निरू सत्य की जगह से दुर्बल पड़ गई, वह छिपा सत्य जाहिर हो गया। उसने कहा, ''मैं खुद अपने मर्ज की दवा के लिए चली थी, पर रास्ते में तुमने बाधा दी।''

''मैंने बाधा दी ? कैसी बाधा ?''

''तुम कुमार बाबू को प्यार करती हो ?''

कमल आश्चर्य की दृष्टि से निरू को देखती रही, कहा, ''प्यार करती हूँ, इसका एक ही अर्थ मेरे पास है, उससे विवाह का कोई तअल्लुक है, यह मैं नहीं जानती, दूसरे अलबत्ते यही अर्थ-संयोग लेते हैं।''

निरू उदास होकर मुरझा गई, फिर एकाएक अपनी प्रभा से चमक उठी, बोली, ''कुमार बाबू के यहाँ तुम्हें उनके साथ देखकर मैंने वैसा ही निश्चय किया था, इसीलिए अपने दर्द की दवा से मैंने अपना हाथ खींच लिया; मैं नहीं चाहती थी कि मैं तुम्हारी प्रतिद्वन्द्विनी बनूँ; नहीं तो कुमार बाबू की माँ का जैसा स्वभाव है, मैं जानती हूँ, वे मुझे अवश्य आश्रय देतीं; मैंने जान-बूझकर यह जहर पिया है; मुझे भ्रम था ही।''

''वे आश्रय अब भी देंगी, नहीं, तुमने स्वयं अपना आश्रय-स्थल खोज लिया; और यही तुम्हारे योग्य भी है; हृदय से तुमने धोखा नहीं खाया। इस जिस मनुष्य के साथ तुम आई हो, यह, उफ !''

"क्या है ?"

"फिर बताऊँगी। क्या तुम्हारा विवाह ठीक हो गया ?"

"हाँ।" निरू ने डरे हुए गले से कहकर विवाह-तिथि बताई।

"तो वे तैयारी अवश्य कानपुर से करेंगे और वहीं से बारात भी लाएँगे।"

"हाँ।"

"कब जाएँगे ?"

"कल सुबह।"

"ठीक है। अच्छा, अब यह बताओ कि तुम कुमार बाबू को प्यार करती हो या नहीं ?"

निरू लज्जित होकर देखने लगी।

"बोलो।" कमल ने जोर दिया।

"करती हूँ," कुछ बेहयाई से निरू ने कहा।

"आह–ऊह–ओहवाला प्यार ?"

"हाँ।"

कमल खिलखिलाकर हँसी।

तब तक यामिनी बाबू ने बँगला में कुछ उद्धत स्वर से, 'देर हो रही है' कहकर निरू को बुलाया।

निरू ने बिलकुल स्वतन्त्र दृष्टि से देखा, कमल से कहा, "इसे कह दूँ, चला जाए।"

"नहीं, नहीं, मजा न बिगाड़ो। जब नाटक यहाँ तक हुआ तब पूरा किए बगैर क्यों छोड़ा जाए ?"

"यानी ?"

"और बातें फिर कहूँगी, इस समय तुम निश्चिन्त होकर जाओ, इन्हें अच्छी तरह अब हवा खिलाना।"

निरू अभिवादन कर हँसती हुई चली। कमल कुमार के पास आई।

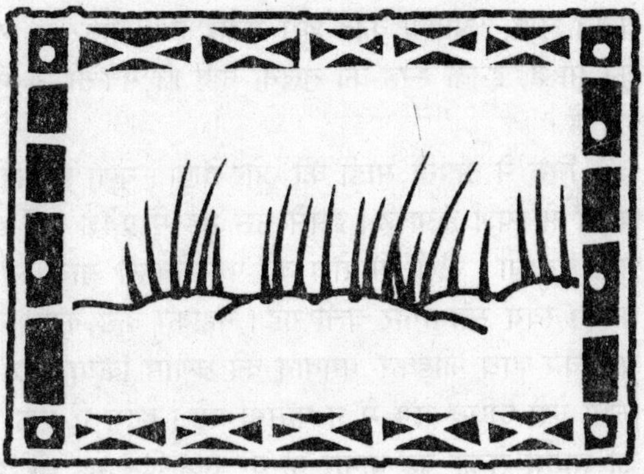

चौबीस

नीली प्रतीक्षा में थी। मोटर के आने की आहट मिली। नीली ने ऊपर से झाँककर देखा, यामिनी बाबू के साथ दीदी को देखकर जल गई। निरू उतरकर यामिनी बाबू से स्नेह-सम्भाषण कुछ किए बगैर जीने पर चढ़ने लगी। कुछ द्रुत-पद अपने कमरे में आई। घरवालों की बेहयाई, स्वार्थपरता आदि सोचकर हृदय से झुलसती हुई। उसके आते ही नीली सामने आकर खड़ी हो गई और बड़े धीमे और विश्वस्त स्वर से कहा, ''दीदी, कुमार बाबू की माँ कहती थीं कि तुम्हारी दीदी का पत्र हमें मिला है, पर जब तक तुम्हारी दीदी हमसे न मिलेगी, हम जल ग्रहण न करेंगी, और मुझे यह बात किसी दूसरे से कहने को मना किया है।''

निरू ने स्नेह की दृष्टि से बहन को देखा। फिर वैसे ही धीमे स्वर से कहा, ''नीलू, तू अभी मुझे वहाँ ले चल, वे जरूर रात को फिर भोजन न करेंगी।''

नीली प्रसन्न होकर उछल पड़ी। पूछा, ''कोई पूछेगा तो क्या कहूँगी ?''

''कहना, दीदी अमीनाबाद कुछ सामान खरीदने गई थी।'' निरू पुनः-पुनः पुलकित होने लगी। आनन्द की भी बाढ़ आती है। बार-बार मन

कहने लगा, 'अवश्य कोई शुभ संवाद है।' भीतर से श्रद्धा ने कहा, 'ये धर्म की माँ हैं, इनके स्नेह की तुलना नहीं हो सकती, ये पत्र से सबकुछ समझ गई हैं।'

निरू ने अपनी साड़ी की ओर देखा। घृणा हो गई। इसका यामिनी के वस्त्रों से स्पर्श हुआ है। इससे उस गृह में प्रवेश नहीं हो सकता। दासी को नहीं बुलाया। नीली से रोज की पहननेवाली सादी साड़ी ले आने के लिए कहा। स्वयं स्नानागार चली गई। नहाकर कुछ कपड़े वहीं छोड़ दिए। वस्त्र बदलकर हाथ जोड़कर भगवान को प्रणाम किया और प्रार्थना की कि अब कभी ऐसे दूषित संग में न फँसना पड़े। हृदय में एक अपूर्व साहस आया। जो साहस लेकर वह कुमार के घर एक दिन गई थी, वह फिर मिला। अब उसे संसार में किसी का भय नहीं। भयवाला पहला स्वरूप सोचकर उसे हँसी आती है। वह कैसी यन्त्र की तरह बन जाती थी। इसी समय एकाएक दासी सामने आकर खड़ी हुई, "नहाने के कमरे में जो कपड़े छोड़ आई हूँ, ले लेना।"

दासी प्रसन्न होकर चली गई मन में सोचती हुई कि आज जमाई बाबू के साथ टहलने गई थीं, उसकी खुशी है।

निरू नीली को लेकर बाहर चली। निस्संकोच सीधे कुमार के मकान के सामने आकर खड़ी हुई। नीली ने आवाज दी, दरवाजा ढकेलकर देखा, खुला था; बिजली जल रही थी, निरू नीली को आगे कर भीतर गई।

सावित्री देवी भोजन पकाकर दाल छौंकने के लिए घी गर्म कर रही थीं। एक तरफ मलिकवा की माँ बैठी थी। रामचन्द्र भीतर पढ़ रहा था।

नीली की आवाज से सावित्री देवी समझ गईं कि अब के नीली अकेली न होगी। तब तक दोनों बिलकुल पास आ गईं। "चलो, बैठो, मैं अभी आ गई," कहकर सावित्री देवी घी के नीचे और आँच करने के लिए फूँकने लगीं।

नीली दीदी को उसी कमरे में ले गई। साथ मलिकवा की माँ भी गई। रामचन्द्र ने पढ़ते हुए आवाज न सुनी थी। निरू को देखकर खड़ा हो गया। निरू ने सस्नेह रामचन्द्र की ठोढ़ी पकड़कर हिला दी, "पढ़ रहे हैं ?" और उसी पलँग पर बैठ गई।

निरू को जैसा सुन चुकी थी, नीली भी सावित्री देवी को माँ कहकर पुकारती थी। रसोई के पास जाकर कहा, "माँ, दीदी तुम्हें खिलाने के लिए आई है।"

सावित्री देवी हँसीं। कहा, "हाँ; पर यह तो बताओ कि तुम्हारी दीदी आज ही मुझे खिलाएगी या हमेशा ?"

नीली आशय समझ गई, बिना कुछ कहे जैसे वह हृदय से छोटी हुई जा रही थी, ऐसा सोचकर अप्रतिभ कंठ से बोली, "हमेशा।"

यह कंठ जैसे नीली का नहीं, किसी सत्य का हो। निरू सुन रही थी, हृदय भर गया, अपने हृदय की शक्ति से हृदय को बाँधने लगी।

सावित्री देवी रसोई से बाहर निकलीं। निरू को देखकर उसकी प्रसन्न मुखच्छवि से ऐसी प्रसन्न हुईं कि जैसे उनकी समस्त साधना आनन्द बनकर भर गई हो। प्यार से निरू की ठोढ़ी उठाकर बलाएँ लीं, पीठ और कन्धे पर हाथ फेरती रहीं। निरू पालतू चिड़िया की तरह बैठी रही। सावित्री देवी एकटक देखती रहीं। उनके सोचे हुए भावों का कहीं से भी विरोध न था।

बँगला में बुलाकर निरू को दूसरे कमरे में ले गईं। हाथ में चिट्ठी देखकर निरू ने आँखें झुका लीं। बँगला में ही सावित्री देवी ने कहा, "माँ से हृदय का भाव कहीं इस तरह छिपाया जाता है ? इससे तुम्हें कितना कष्ट हुआ ! मैं तो गाँव में नीली की बात से ही समझ चुकी थी; फिर तुमसे मिलकर और यहीं एक जगह तुम्हें और कुमार को देखकर समझी। कहो तो, यह पानी की बूँद है या तुम्हारा आँसू ?"

"आप माँ हैं, आपकी दृष्टि में भ्रम न था, आपने ठीक देखा और ठीक समझा है।" निरू नत-दृष्टि, सरल-गम्भीर कंठ से बोली।

"तो इस सम्बन्ध में तो तुम्हें ही अपने संचालन का भार लेना होगा, तभी तुम सफल होगी, मैं तुम्हारी केवल अनुकूलता कर सकती हूँ।" सावित्री देवी बिलकुल माँ की तरह मिलकर बोलीं।

"मैं ऐसा ही करूँगी। कमल के सम्बन्ध में मुझे भ्रम न हुआ होता, तो उसी रोज मैं इसका आभास दे गई होती।"

सावित्री देवी समझकर मुस्कुराकर बोलीं, "फिर भी तुमने बहुत कुछ आभास दिया था। जाओ, कुमार की कुछ किताबें वहाँ हैं, कोई ले लो और पलँग पर लेटकर आराम से पढ़ो, तब तक मैं कुछ भोजन और बना लूँ, मुँह जुठार जाओ, कुमार भी तब तक आ जाएगा, तुम्हें छोड़ आएगा, उससे निश्चय भी कर लेना।"

सम्मति की सूचना के तौर पर निरू धीरे-धीरे कमरे के बाहर निकली और उसी तरह पसन्द की एक किताब लेकर देखने लगी। सावित्री देवी ने

फिर चूल्हा जलाया।

थोड़ी देर में कुमार के साथ कमल भी आई। कमल को देखते ही प्रसन्न सावित्री देवी ने कहा, "आज हमारे बड़े भाग्य हैं।"

"अच्छा !" निरू को देखकर कमल ने कहा, "इसीलिए, लेकिन हमारे भी भाग्य क्यों न जगें माँ ?" बाहर निकलकर कहा।

सावित्री देवी अज्ञ दृष्टि से देखने लगीं, देखकर बोलीं, "यानी इनके पीछे हमें भी गरमागरम भोजन क्यों न मिले ?" सावित्री देवी लजा गईं; कमल कहती गई, "यद्यपि बहू अपनी अधिक है और उसकी थाली में घी के अधिक पड़ने की सम्भावना है !" मकान का सारा वायुमण्डल और हो गया। चारों ओर जैसे तीव्र प्राणों का स्पन्दन हो चला। उत्तर की प्रतीक्षा किए बिना कमल भीतर गई और निरू की बगल में उसी पलँग पर बैठती हुई कुमार से बोली, "आप तो जानते होंगे, कहा है–'उपायेन हि यच्छक्यं न तच्छक्यं पराक्रमैः' का क्या कनक सूत्रेण कृष्णसर्पोनिपातितः।"

निरू मुस्कुराकर बोली, "यानी तुम काकी हो।"

"मैं काकी हूँ, नानी हूँ, काले साँप को कैसा खेलाती हूँ, देखो, बल्कि कहना चाहिए, तुम्हारी इस वैवाहिक विचित्रता में कैसे फिनिशिंग टच देती हूँ–देखो।"

निरू जानती थी, इससे ज्यादा बातें करने पर जगह-जगह नीचा देखने की यथेष्ट सम्भावना है। इसलिए चुप हो गई। कुमार अखबार उलट रहा था। मलिकवा की माँ दोमंजिले के आँगन पर पान लगा रही थी। कमल कहती गई, "पी-एच.डी. महोदय को Doctor's Phial (डॉक्टर की शीशी) न बनाई मैंने तो नाम क्या !" फिर नीली की तरफ निगाह गई, कहा, "उस मकान में अगर कोई समझदार है तो सिर्फ नीली।" नीली सीधी होकर बैठी। कमल कहती गई, "दुनिया के गुप्त कार्य जितने ऐसी उम्र में होते हैं, उतने किसी उम्र में नहीं। इस उम्र के कार्य में रोचकता काफी रहती है, करनेवाले को भी आनन्द मिलता है, देखनेवालों को भी, और नीली के लिए मुझे पूरा विश्वास है कि इस कार्य में नीली दक्षता दिखा सकती है–डॉ. यामिनी को डॉक्टर की शीशी बना देगी।"

नीली खुश होकर हँसी।

"अच्छा नीली, दबने की कोई बात नहीं, तेरी दीदी जबकि है, तब विवाह भी जरूर होगा, तू यह बता कि अपनी दीदी के योग्य तू किसे समझती है–यामिनी बाबू को या कुमार बाबू को ?"

"कुमार बाबू को।" इम्तहान देती हुई जैसे उच्छ्वसित होकर नीली बोली।

"ठीक कहा तूने; मेरी भी यही राय है। अच्छा, यह बता कि इस काम में अगर पूरी मदद की जरूरत तुझी से हो, तो पूरी कर सकती है या नहीं ?"

"कर सकती हूँ," नीली बिलकुल तनकर बोली।

"अच्छा, भेद खोलने के लिए अगर तेरे घरवाले तुझे कमरे में बन्द कर बेंत लगाना शुरू करें, तो तू कितने बेंत सह सकती है ?"

"पचास।"

"शाबाश ! तू अवश्य काम कर सकती है।" फिर निरू से कहा, "निरू, तुम्हें काफी कड़ा होना होगा। यह राहु-ग्रास बगैर टेढ़ा पड़े दूर न होगा। तुम्हारा सेन रोडवाला बँगला खाली है न ?"

"हाँ, है शायद।"

"तुम्हें इतना भी नहीं मालूम ? वह खाली है। यामिनी बाबू के चले जाने पर उसे सजवा लेना और नीली को लेकर उसी में आकर रहना; जब विवाह के चार रोज रह जाएँ," कहकर निरू का हाथ पकड़कर उठी और जीना पार कर छत पर ले चलने के लिए चली। निरू चली।

छत पर पहुँचकर निरू से कहा, "अब तुम नाबालिग तो नहीं, सबकुछ समझती हो। तुम्हारे मामा वगैरह कैसे हैं, इसका तुम्हें परिचय मिल चुका है। और भी अच्छी तरह परिचय पा लोगी। जरा इसे भी देखो," कहकर जेब से आई हुई चिट्ठी निकालकर दी और दियासलाई जलाई, कहा, "पढ़ो।"

निरू पढ़ने लगी। पढ़कर गुस्से से तमतमा उठी, "हूँ, समझी। तुम जो कुछ भी कहो, मैं करने के लिए तैयार हूँ। मेरी आँखों से जितना अन्धकार था, सब कटता जा रहा है.। मैं अच्छी तरह अब तुम्हारी पहली और अब तक की बातों का मतलब समझ रही हूँ।"

"हाँ, वहाँ जाकर तुम अपने मामा को ऐसा पत्र लिखो, जिसमें बात तो स्पष्ट न हो; पर यह साफ-साफ उन्हें मालूम हो जाए कि तुम उनकी चालबाजियों को जानती हो और तुम्हें उनकी मदद की जरा भी परवाह नहीं। मदद तो वही चाहते हैं और चाहेंगे, क्योंकि वह मदद तुम्हारे पास है और तुम दे सकती हो, अगर चाहो। लिख देना कि बँगले में ऊपर कोई न आ सकेंगे, और जब बुलाओ, विवाह के ठीक पहले तभी वे लोग वहाँ जाएँ। भोजन-पान का कुल प्रबन्ध कराएँ। वर-यात्रियों को खिलाएँ-पिलाएँ, जो

उनका काम है। घर की स्त्रियाँ भी नीचे ही रहेंगी। तुम इच्छानुसार नीचे उतरकर उनसे मिल लोगी। इस तरह उन्हें अपनी लघुता के ज्ञान से दुःख होने पर भी वे विशेष बुरा न मानेंगे, पहले तो यही समझेंगे कि यह पाठ यामिनी का पढ़ाया है। साथ-साथ यह भी खयाल करेंगे कि विवाह हो जाने पर पहलेवाले पराए और बादवाले अपने होते हैं। निरू कुछ जल्दी कर गई। यह भी लिख देना कि तुम्हारे बाबा की इच्छा थी कि तुम्हारा हिन्दुस्तानी ढंग से विवाह हो, इसलिए तुम उनकी इच्छा पूरी करना चाहती हो। विवाह में एक योग्य हिन्दुस्तानी पण्डित को तुमने आमन्त्रित कर दिया है। कुछ सन्देह लोगों को हो सकता है; पर जब, तुम सशरीर मौजूद हो, तब वह केवल सन्देह ही रहेगा, उनमें उसकी जड़ जम नहीं सकती।" फिर निरू से अपने प्लैन की सारी बातें कहीं। निरू बहुत खुश हुई, "तुममें मौलिक चिन्ताशीलता अवश्य है।" कमल की सम्वर्द्धना की।

भोजन तैयार हो चुका। पत्तलें पड़ गईं। रामचन्द्र ऊपर बुलाने के लिए गया। कमल ने बालक को पकड़कर पूछा, "इन्हें तुम क्या कहते हो ?"

"दीदी।"

"यह ठीक नहीं," गम्भीर होकर बोली, "भौजी कहा करो।"

"हाँ, तो अभी ब्याह कहाँ हुआ ?" रामचन्द्र हँसी न रोक सका।

पच्चीस

यामिनी बाबू दूसरे दिन चलते समय निरू से विदा होने गए, तो निरू ने कहा, "मेरी इच्छा है कि मेरा विवाह मामा के घर से नहीं, मेरे घर से हो। इस समय सेन रोडवाला मेरा बँगला खाली है। बारात वहीं आए। आप मामा से कह दीजिए कि आपकी भी यही राय है। मैं इधर बहुत मिलना-जुलना नहीं चाहती। मुझे अच्छा नहीं लगता। आखिर सबका विवाह होता है, मेरा भी हो रहा है। स्त्रियों के मजाक के तीर ऊपर से सहने पड़ते हैं। हाँ, भोजन, पान, रोशनी, बाजे और नाच-गाने में खर्च है, वह सब मामा के हाथ रहेगा।"

यामिनी बाबू गम्भीर होकर सहमत हुए और विदा होते समय सारी बातें मामा को समझा दीं।

उनके चले जाने पर कमल ने बड़ा काम किया। प्रोफेसर दुबे को समझाया कि जबकि क्रिश्चियन रहने में अब विशेष आर्थिक फायदेवाली बात नहीं रह गई और हिन्दू होने में एक फायदा नजर आता है तब घर-भर फिर हिन्दू क्यों न बन जाएँ ? अगर हिन्दुओं में शुद्ध करने की ताकत नहीं, तो आर्यसमाजियों में तो है। आर्यसमाजियों और हिन्दुओं में उतना फर्क नहीं, जितना हिन्दू, मुसलमान या क्रिश्चियन, यहूदी में है। प्रोफेसर दुबे को जितनी

तरह के आर्थिक, सामाजिक और धार्मिक लाभ हो सकते थे, एक-एक कर कमल ने सब समझाए। प्रोफेसर दुबे मान गए। कमल को धन्यवाद दिया। कमल पिता के साथ अच्छे-अच्छे वकील, बैरिस्टर, सरकारी अफसर, यहाँ तक कि शहर कोतवाल से भी मिली और सबको आमन्त्रित किया। फिर छपा निमन्त्रण भेजवाया। यद्यपि निरू अपने बँगले में रहती थी, फिर भी बँगला विवाह के लिए किराए पर उठाया जा रहा है, ऐसी लिखा-पढ़ी हुई। सब तरफ से कमल ने पूरा-पूरा ध्यान रखा और थोड़े समय में पूरी सफलता प्राप्त कर ली।

धीरे-धीरे विवाह का समय निकट हो आया। कमल ने निरू के बँगले में चौबीसों घंटे पहरे के लिए आठ गोरखा सिपाही कर लिए। एक पहरा गेट पर लगाया, एक दोमंजिले के जीने पर। देखते-देखते विवाहवाली सुहावनी शाम हो आई। एक साथ बिजली के रंगीन बल्ब तरह-तरह के आकार से सजाए जल उठे। जैसे आकाश, सहस्रों पृथ्वी लता-गुल्म--सब विवाह देखने के लिए आमन्त्रित हों ! सामने बड़ा शामियाना तना, चारों ओर कायदे से कुर्सियाँ रखी हुईं, एक ओर कीमती मखमली गद्दीदार बड़ी कुर्सी, चुने हुए आमन्त्रित। एक-एक करके आते हुए सब पूरी अभ्यर्थना के साथ कुर्सियों पर बैठाए जाने लगे। तरह-तरह की खुशबू से हवा मत्त हो उठी। प्रसिद्ध नर्तकी का गाना होता हुआ। रास्ते से एक छोर से दूसरे छोर तक मोटरों का ताँता लग गया। शाम होने के कुछ बाद वर-यात्री भी आ गए। उनके लिए एक ओर की कुर्सियाँ निश्चित की हुई थीं। सब बैठे। यामिनी बाबू की अंग्रेजी ढंग की बँगाली सज्जा देखने लायक थी। सभा में पूरा सन्नाटा था, यद्यपि इधर-उधर तरह-तरह का शोर-गुल हो रहा था।

एक दूसरी ओर आमन्त्रितों को समय पर जल्द भोजन करा देने का इन्तजाम हो रहा था। योगेश बाबू इसी जगह मनोनिवेश किए हुए थे। कतार-की-कतार कुर्सियाँ पड़ी हुईं, मेजें सटी हुईं। पाचकगण पटुता से प्रस्तुत कि क्षणमात्र में यन्त्र से जैसे काम होने लगे।

नियमानुसार घर की स्त्रियों को विवाह के दिन शाम से कुछ पहले आना था। जो मामा के घर की महिलाएँ थीं, उनके नाम की एक-एक छपी सूचना नीचे एक-एक कमरे में थी। उनके स्वागत का भार कमल पर था। जीन पर पहरा, कोई ऊपर नहीं जा सकती थीं। उनके साथ उनकी परिचित आई हुई सखी रह सकती थीं। अन्य महिलाओं के लिए अलग-अलग कमरों का प्रबन्ध था; एक साथ तीन-चार के रहने का; महिलाओं के निमन्त्रण की सूची

कमल के हाथ में थी। यह प्रबन्ध देख प्राचीनाओं ने सोचा, यह नया फैशन है। निरू के ममानवालियों ने सोचा, यह यामिनी बाबू की उपज है। नवीनाओं ने सोचा, यह आदर्श है, ऐसा ही होना चाहिए। इससे औरतों का एक साथ गड्डबड्ड भेड़धसान नहीं होता।

नियत समय पर आमन्त्रित महिलाओं के आने पर निरू विवाह के लिए साज से सजी हुई, मस्तक पर चन्दन, मुक्तकेश, रक्तवास आभरणों से झलमलाती हुई, नीली को लिए हुए ऊपर से नीचे उतरी। एक-एक करके वह सबके कमरे में गई और पूज्य महिलाओं को प्रणाम किया। सबने प्रसन्न दृष्टि से नीचे से ऊपर तक उसे देखा और आशीर्वाद दिया। उसके ममानवाली कुछ नाराज हुईं, क्योंकि अपने हाथों उसे सजा नहीं पाईं। एक ने व्यंग्य भी किया, "अगर विवाह हिन्दुस्तानी ढंग से होगा, तो यह बँगला-सज्जा फिर किसलिए ?"

"हिन्दुस्तानी ढंग से विवाह होने की बात है, पहनावे की नहीं," थोड़े में उत्तर देकर निरू निवृत्त हो गई। फिर वहाँ से दूसरी ओर चली। इस प्रकार सबसे मिलकर नीली के साथ ऊपर चली गई।

अब रात के दस का समय हुआ। सबको जिवाने का प्रबन्ध होने लगा। इधर हिन्दुस्तानी पण्डितजी बड़ा पग्गा बाँधे एक ओर बनाए हुए मण्डप में आ विराजे; साथ-साथ प्रजाजन और उनके सहायक। कमल मुस्तैदी से उनकी आज्ञा की प्रतीक्षा करती हुईं। महिलाओं को विवाह देखने का आमन्त्रण फिर गया। सब मण्डप में आकर एकत्र होने लगीं। और पण्डितजी का अद्भुत वेश देखकर एक-दूसरे को धीरे से धकेल-धकेलकर मुस्कुराने लगीं। शिक्षित पण्डितजी की गम्भीरता में फर्क न पड़ा। उन्होंने स्वरचित संस्कृत-भाषा में वर और अवगुण्ठनवती वधू को ले आने की आज्ञा की। वर डॉक्टर यामिनी बाबू शिष्टतापूर्वक आकर अपने आसन पर विराजमान हुए, यद्यपि उस हिन्दुस्तानी असभ्य वेशवाले पण्डित के प्रति उन्हें हृदय से घृणा थी। कमल अवगुण्ठनवती वधू को लेने के लिए दोमंजिले पर गई। वधू तैयार थी। आज्ञा के अनुसार उसे लेकर कमल मण्डप में आई। महिलाएँ आनन्दपूर्वक ऊलू-ध्वनि करने लगीं। पण्डितजी ने कर्मकाण्ड शुरू किया और शिक्षित वर की रुचि का जैसा रूप उनके सामने पहले रखा गया था, तदनुसार विवाह को संक्षेप में ही समाप्त किया, एक घंटे के अन्दर-अन्दर। अब तक आमन्त्रित सज्जन भोजन कर चुके, और शहरवाले मण्डप में आकर विवाह देखकर प्रसन्न होकर हर्षध्वनि कर गए।

विवाह हो गया। कुछ लोकाचार रह गया। यह बंगाल की फूल-शय्यावाली प्रथा है। कमल वधू को लेकर चली और यामिनी बाबू को अनुसरण करने के लिए कहा। महिलाओं से कहा कि कुछ देर बाद अब वे सब ऊपर चलने की कृपा करें। वधू को लेकर कमल ऊपर गई। पीछे-पीछे यामिनी बाबू जा रहे थे। देखा, ऊपर भी एक वेदी है और एक ब्राह्मण आसन पर बैठा हुआ है। ब्राह्मण ने बँगला-भाषा में यामिनी बाबू से कहा, ''यह आपकी मातृवेदिका है, इसे भूमिष्ठ होकर प्रणाम कीजिए।'' यामिनी बाबू ने इसे भी कर्मकाण्ड की एक धारा समझा और भक्तिपूर्वक भूमिष्ठ होकर प्रणाम किया। कमल बहू को कमरे में ले गई। पीछे से यामिनी बाबू भी गए। कोमल सुगन्धयुक्त फूलों की शय्या पर बहू को बैठा दिया और यामिनी बाबू से सुखपूर्वक रात्रियापन के लिए कहकर बाहर निकल द्वार पर साँकल चढ़ा दी।

नीली बाहर थी, महिलाओं को बुला लाने के लिए भेज दिया, आप वहीं बिजली के प्रकाश में, बीच के हॉल के बिछे फर्श पर बैठ गई। सिपाही ने जीने का रास्ता छोड़ दिया। महिलाओं का दल देखते-देखते एकत्र हो गया।

इसी समय यामिनी बाबू ने द्वार भड़भड़ाया। पर वह बन्द था। वे भीतर से चिल्लाए, ''मेरे साथ विश्वासघात किया गया है, खोल दो द्वार।''

''चुप रहो मूर्ख,'' कमल उत्तेजित होकर बँगला में बोली, ''पुलिस के आदमी अभी यहाँ से नहीं गए, तुम स्वयं समझो कि तुम्हारे साथ न्याय हुआ है या अन्याय।''

यामिनी बाबू चुप हो गए। महिलाओं में कोलाहल उठा। सबने 'क्या बात है, क्या बात है' कहकर कमल को घेर लिया।

कुछ देर तक कमल चुप रही, पर मिस दुबे की अवस्था का विचार कर सबसे कह देना ही उचित समझा। यद्यपि उसने देर तक सांगोपांग यह प्रसंग महिलाओं को सुनाकर कहा, फिर भी यहाँ संक्षेप में उसकी समाप्ति की जाएगी, तो किसी के लिए समझने की कसर कदापि न रहेगी। कमल ने कहा, ''डॉक्टर यामिनी को जैसी विलायत की हवा लगी, तदनुकूल अपनी जोड़ी की तलाश करने लगे। मिस दुबे साथ पढ़ती है। बी.ए. की छात्रा है। कोई गँवार-गावदी लड़की नहीं। लखनऊ आकर एक दिन डॉक्टर यामिनी ने इन्हें कहीं देख लिया, फिर अनेक दिन इनके यहाँ इनके पिता के पास गए, एक साथ उठे-बैठे। इनके पिता प्रो. दुबे किसी कारण से क्रिश्चियन हो गए थे। डॉक्टर यामिनी पहले उनसे अपने धर्म-परिवर्तन के सम्बन्ध में सलाह लेते रहे, उनके साथ चर्च भी जाया करते थे। प्रो. दुबे को मालूम हो

गया कि डॉक्टर यामिनी उनकी कन्या को प्यार करते हैं। लेकिन फिर भी उन्होंने उदारता दिखलाई, उनसे कहा कि आप चाहें सिविल मैरेज कर सकते हैं ! डॉ. यामिनी अविवाहित थे, और चूँकि हर तरह अपना प्यार जता चुके थे—अपना धर्म छोड़ने को तैयार थे; इसलिए दूसरी तरफ से प्यार पाना कुछ अस्वाभाविक या अनुचित न था। कुमारी दुबे भी इन्हें प्यार करने लगी। क्रिश्चियन-समाज में कुछ अधिक आजादी है ही, दोनों एक साथ आधी रात तक टहलते फिरते, मिलते-जुलते रहे, विवाह से पहले दोनों का चारित्रिक पतन भी हुआ, जिसका परिणाम सिफलिश-गनोरिया के रूप में यामिनी बाबू में न होकर गर्भ-रूप में मिस दुबे में हुआ। यह गर्भ अभी बहुत छोटा है; पर शंका के कारण बहुत बढ़ा। कुछ दिनों बाद यामिनी बाबू की निरू से विवाह की बातचीत हुई। इधर कुछ अधिक फायदा था, आर्थिक रूप से, नए प्रेम से भी अधिक फायदा हो सकता है या नहीं, इसका ज्ञान आप लोगों को मुझसे अधिक हो सकता है। खैर, इन्होंने उधर जाना बन्द कर दिया। मिस दुबे को घबराहट हुई। उसने मुझे एक चिट्ठी लिखी। मैंने बाबा से पूछा। फिर उनकी सलाह से काम करती रही। प्रो. दुबे को फिर धर्म-परिवर्तन की सलाह दी, क्योंकि अदालत में बदनामी होती, खर्च भी होता। प्रो. दुबे ने वैसा ही किया। अब वही दोनों वर और वधू के रूप से उस कमरे में हैं, जिसके लिए डॉक्टर यामिनी का कहना है कि उनके साथ धोखा किया गया।''

महिलाएँ प्रसन्न हो गईं। यह बहुत अच्छा हुआ, चारों ओर से सन्तोष-ध्वनि गूँजने लगी।

कमल उत्तेजित थी; पर समय आने पर अपना मनोभाव दब गई, कहा, ''आज निरू का भी विवाह यहाँ हुआ है, ऊपर। वह पहले अपने घरवालों की इच्छा से चल रही थी, पर बाद को सब हाल मालूम कर अपनी अनुवर्तिता की। खुद सोच-समझकर योग्य वर चुना। वह लंदन का डी. लिट्. है।''

महिलाओं में वर और वधुओं को देखने का मधुर गुंजन फैल चला। कमल ने निरू के कक्ष का द्वार खोला। निरू और कुमार अलग-अलग दो कुर्सियों पर दोनों बैठे थे। एक ओर फूलों की सेज बिछी थी। महिलाओं को देखकर निरू उठकर खड़ी हो गई। कुमार ने बैठे-बैठे प्रणाम किया। महिलाएँ देखकर प्रसन्न हो गईं।

फिर मिस दुबे के कमरे में गईं। यामिनी कुर्सी पर बैठे थे। मिस दुबे

जिसका नाम सुशीला है, पलँग पर। सुशीला को देखकर महिलाएँ आपस में कहने लगीं—वर का कुछ दिमाग खराब है क्या ? सुशीला अप्रसन्न थी, चुपचाप बैठी रही। महिलाएँ चली गईं; अन्त में कमल ने अंग्रेजी में कहा, ''यामिनी बाबू, इस शुभ मुहूर्त्त के लिए धन्यवाद !''

रुक्ष स्वर से यामिनी बाबू ने कहा, ''धन्यवाद !''

गाँव में भी खबर फैली। बड़ा सन्नाटा छाया। लोग बहुत डरे। आखिर मुखिया के दरवाजे बैठक हुई। सबने सलाह ली। मुखिया ने कहा, ''पागल हो, राजा से कोई बैर करता है ! अब वे दिन नहीं हैं। लखनऊ में कितने विलइतिहा हैं, उनके हाथ का पानी बन्द है ?''

●●●